F. SCOTT FITZGERALD

O curioso caso de Benjamin Button

seguido de

Bernice corta o cabelo

www.lpm.com.br

L&PM POCKET

COLEÇÃO 96 PÁGINAS

Coleção **L&PM** POCKET, vol. 1098

Texto de acordo com a nova ortografia.

Título original: *The Curious Case of Benjamin Button* e *Bernice Bobs her Hair*
Esta edição na Coleção **L&PM** POCKET: julho de 2016
Esta reimpressão: junho de 2017

Tradução: Rodrigo Breunig (*O curioso caso de Benjamin Button*) e Cássia Zanon (*Bernice corta o cabelo*)
Capa: Ivan Pinheiro Machado
Preparação: Marianne Scholze
Revisão: Bianca Pasqualini

CIP-Brasil. Catalogação na Fonte
Sindicato Nacional dos Editores de Livros, RJ

F581c

Fitzgerald, F. Scott (Francis Scott), 1896-1940
O curioso caso de Benjamin Button *seguido de* Bernice corta o cabelo/ F. Scott Fitzgerald; tradução de Rodrigo Breunig e Cássia Zanon. – Porto Alegre, RS: L&PM, 2017.
96 p. : 18 cm (Coleção L&PM POCKET; v. 1098)

Tradução de: *The Curious Case of Benjamin Button* e *Bernice Bobs her Hair*

ISBN 978-85-254-2857-8

1. Romance americano. I. Breunig, Rodrigo. II. Título. III. Série

13-1678. CDD: 813
CDU: 821.111(73)-3

Rua Comendador Coruja, 314, loja 9 – Floresta – 90.220-180
Porto Alegre – RS – Brasil / Fone: 51.3225.5777

Pedidos & Depto. comercial: vendas@lpm.com.br
Fale conosco: info@lpm.com.br
www.lpm.com.br

Impresso na Gráfica e Editora Pallotti, Santa Maria, RS, Brasil
Inverno de 2017

Sumário

O curioso caso de Benjamin Button

I

No distante ano de 1860, a coisa mais normal era nascer em casa. Hoje em dia, segundo me dizem, os altos deuses da medicina decretaram que o primeiro choro dos jovens precisa ser emitido no ar anestésico de um hospital, de preferência um hospital elegante. De modo que os jovens sr. e sra. Roger Button estavam cinquenta anos à frente da moda quando decidiram, certo dia no verão de 1860, que o primeiro bebê deles deveria nascer num hospital. Se esse anacronismo teve alguma relação com a história espantosa que estou prestes a encetar, isso é algo que nunca se saberá.

Vou contar a vocês o que ocorreu, e vocês que julguem por conta própria.

Os Roger Button viviam numa invejável posição, tanto social quanto financeira, na Baltimore de antes da guerra. Eram aparentados com Esta Família e Aquela Família, o que, como todos os sulistas sabem, lhes dava o direito de pertencer àquela enorme aristocracia que povoava, em grande parte, a Confederação. Tratava-se da primeira experiência do casal com o antigo e encantador costume de ter bebês – o sr. Button estava naturalmente nervoso.

Ele esperava que o bebê fosse um menino, de forma que pudesse ser enviado à Yale College, em Connecticut, instituição na qual o próprio sr. Button tinha sido conhecido, durante quatro anos, pelo apelido um pouco óbvio de "Cuff".*

Na manhã de setembro consagrada ao enorme acontecimento, ele despertou com nervosismo às seis horas, vestiu-se, ajustou um nó impecável na gravata e saiu às pressas pelas ruas de Baltimore, rumo ao hospital, para determinar se a escuridão da noite havia dado à luz bruxuleante uma nova vida.

Quando estava mais ou menos a cem metros do Hospital Particular de Maryland para Damas e Cavalheiros, viu o dr. Keene, o médico da família, descendo a escadaria da frente, esfregando as mãos com um movimento de lavagem – como todos os médicos costumam fazer, por imposição da ética não escrita da profissão.

O sr. Roger Button, presidente do Roger Button & Co., Atacado de Ferragens, começou a correr em direção ao dr. Keene com muito menos dignidade do que poderíamos esperar de um cavalheiro sulista daquela época pitoresca.

– Dr. Keene! – ele chamou. – Ei, dr. Keene!

O doutor ouviu o chamado, virou-se e ficou esperando, uma expressão curiosa tomando conta do seu rosto severo e medicinal enquanto dele se aproximava o sr. Button.

– O que aconteceu? – quis saber o sr. Button ao chegar mais perto, perdendo o fôlego. – Ele é o quê? Como ela está? É um menino? Como é? Como...

---

* "Abotoadura", por causa do nome Button, "botão". (N.T.)

– Fale alguma coisa que faça sentido! – o dr. Keene exclamou, de modo áspero; parecia estar um pouco irritado.

– A criança nasceu? – implorou o sr. Button.

O dr. Keene franziu o cenho.

– Ah, sim, suponho que sim... de certa maneira.

Mais uma vez ele lançou um olhar curioso ao sr. Button.

– Está tudo bem com a minha esposa?

– Sim.

– É um menino ou uma menina?

– Escute uma coisa! – exclamou o dr. Keene, na plenitude da irritação. – Vou pedir a você que vá ver por conta própria. Ultraje!

Soltou esta última palavra quase numa única sílaba e se afastou, resmungando:

– Acha que um caso desses vai contribuir para a minha reputação profissional? Mais um caso desses me arruinaria... arruinaria qualquer um.

– Qual é o problema? – quis saber o sr. Button, apavorado. – Trigêmeos?

– Não, não são trigêmeos! – respondeu o médico, num tom cortante. – Ora essa, você que vá ver por conta própria. E arranje um outro médico. Eu trouxe você ao mundo, meu jovem, e sou o médico da família faz quarenta anos, mas já chega! Nunca mais quero ver você ou qualquer um dos seus parentes! Adeus!

Então virou-se com rispidez e, sem qualquer outra palavra, entrou no seu faetonte, que o esperava junto ao meio-fio, e foi embora com grande severidade.

O sr. Button ficou ali parado na calçada, estupefato e tremendo da cabeça aos pés. Que desventura horrível acontecera? Ele tinha perdido, de repente, todo e qualquer desejo de ingressar no Hospital Particular de Maryland para Damas e Cavalheiros – foi com grande dificuldade que, um momento depois, forçou-se a subir a escadaria e entrar pela porta da frente.

Uma enfermeira estava sentada atrás de uma mesa na penumbra opaca do saguão. Engolindo sua vergonha, o sr. Button aproximou-se dela.

– Bom dia – ela comentou, levantando a cabeça com um olhar simpático.

– Bom dia. Eu... eu sou o sr. Button.

Diante disso, uma expressão de absoluto terror alastrou-se pelo rosto da garota. Ela colocou-se de pé e pareceu estar prestes a sair voando do saguão, contendo-se apenas com uma dificuldade muitíssimo aparente.

– Quero ver a minha criança – disse o sr. Button.

A enfermeira deu um pequeno grito.

– Ah... é claro! – ela exclamou, histericamente. – No andar de cima. Bem no andar de cima. É só... *subir*!

Ela indicou a direção, e o sr. Button, banhado em fria transpiração, girou o corpo, vacilante, e começou a subir para o segundo andar. No saguão superior ele abordou uma outra enfermeira, que se aproximou segurando uma bacia.

– Eu sou o sr. Button – conseguiu articular. – Quero ver a minha...

Tum! A bacia caiu retinindo no piso e rolou na direção da escada. Tum! Tum! O recipiente perdido iniciou uma descida metódica, como se compartilhasse do terror geral que aquele cavalheiro provocava.

– Quero ver a minha criança! – o sr. Button quase berrou; ele beirava um colapso.

Tum! A bacia chegou ao primeiro andar. A enfermeira recuperou o autocontrole e lançou ao sr. Button um olhar de vigoroso desprezo.

– Pois *bem*, sr. Button – ela concordou, com uma voz abafada. – Muito *bem*! Mas se o senhor fizesse alguma *ideia* do estado em que todos nós ficamos, nesta manhã, por causa disso! É simplesmente ultrajante! O hospital nunca mais vai ter sequer a sombra de uma reputação depois...

– Depressa! – ele exclamou roucamente. – Não aguento mais isso!

– Então venha por aqui, sr. Button.

O sr. Button se arrastou atrás dela. No fim de um longo corredor, os dois chegaram a um recinto do qual provinham gritos variados – um recinto, de fato, que no linguajar do futuro teria sido conhecido como "sala do choro". Eles entraram. Ao longo das paredes havia meia dúzia de berços esmaltados de branco com rodinhas, cada um com uma etiqueta presa na cabeceira.

– Bem – arquejou o sr. Button. – Qual deles é o meu bebê?

– Aquele! – falou a enfermeira.

Os olhos do sr. Button acompanharam o dedo apontado da mulher, e eis agora o que ele viu. Enrolado num volumoso cobertor branco, e parcialmente imprensado dentro de um dos berços, estava um velho que aparentava ter cerca de setenta anos de idade. O cabelo ralo era quase branco, e de seu queixo pingava uma longa barba de cor esfumaçada, a qual oscilava absurdamente para lá e para cá, soprada pela brisa que entrava pela janela. Ele observou o sr. Button com olhos turvos e desbotados, nos quais espreitava uma pergunta intrigada.

– Estou louco? – trovejou o sr. Button, seu terror transmutando-se em fúria. – Isto é por acaso alguma medonha brincadeira de hospital?

– Não parece ser uma brincadeira para nós – a enfermeira retrucou, com severidade. – E não sei se o senhor está louco ou não... mas esse é o seu filho com toda certeza.

A fria transpiração redobrou na testa do sr. Button. Ele fechou os olhos e depois, abrindo-os, olhou de novo. Não havia equívoco algum... ele estava contemplando um homem de sete décadas... um *bebê* de sete décadas... um bebê cujos pés pendiam nos lados do berço em que repousava.

O velho observou o sr. Button e a enfermeira com placidez por alguns instantes e então, de súbito, fez uso de uma voz antiga e alquebrada.

– Você é o meu pai? – ele quis saber.

O sr. Button e a enfermeira tiveram um violento sobressalto.

– Porque, se for – prosseguiu o velho, num tom lamuriante –, eu gostaria que me tirasse deste lugar... ou, pelo menos, fizesse com que colocassem uma cadeira de balanço confortável aqui.

– De onde, pelo amor de Deus, você veio? Quem é você? – irrompeu o sr. Button, frenético.

– Não posso lhe dizer *exatamente* quem eu sou – respondeu o choramingão lamuriante –, porque nasci poucas horas atrás... Mas o meu sobrenome é sem dúvida Button.

– É mentira! Você é um impostor!

Com expressão cansada, o velho encarou a enfermeira.

– Bela maneira de acolher uma criança recém--nascida! – queixou-se, numa voz fraca. – Diga para ele, por favor, que está enganado...

– O senhor está enganado, sr. Button – afirmou, severa, a enfermeira. – Esse é o seu filho, e o senhor vai precisar tirar o melhor proveito da situação. Vamos pedir-lhe que o leve para casa o mais depressa possível, ainda hoje.

– Para casa? – repetiu, incrédulo, o sr. Button.

– Sim, nós não podemos ficar com ele aqui. Realmente não podemos, o senhor entende?

– Isso me alegra um bocado – choramingou o velho. – Este aqui é um ótimo lugar para manter um jovem de hábitos tranquilos. Com todos esses gritos e berros, não pude ter um segundo de sono. Eu pedi alguma coisa para comer – aqui a voz dele elevou-se numa nota estridente de protesto – e me trouxeram uma mamadeira com leite!

O sr. Button afundou numa cadeira perto do filho e escondeu o rosto nas mãos.

– Deus do céu! – murmurou, num êxtase de horror. – O que vão dizer as pessoas? O que devo fazer?

– O senhor terá de levá-lo para casa – insistiu a enfermeira – imediatamente!

Uma imagem grotesca materializou-se com tenebrosa nitidez perante os olhos do torturado homem – uma imagem na qual ele caminhava pelas ruas abarrotadas da cidade com aquela aparição apavorante movendo-se ao seu lado.

– Não posso. Não posso – ele gemeu.

As pessoas parariam para falar com ele, e ele diria o quê? Teria de apresentar esse... esse septuagenário: "Este é o meu filho, nascido hoje de manhã". E depois o velho enrolaria seu cobertor em volta do corpo e os dois prosseguiriam naquela caminhada penosa, passando pelas lojas alvoroçadas, pelo mercado de escravos – durante um escuro momento, o sr. Button desejou apaixonadamente que o seu filho fosse negro –, pelas casas luxuosas da área residencial, pelo lar dos idosos...

– Vamos! Controle-se – ordenou a enfermeira.

– Ouçam uma coisa – o velho anunciou de repente –, se vocês pensam que vou caminhar para casa neste cobertor, estão completamente enganados.

– Os bebês sempre ganham cobertores.

Com uma risadinha maliciosa, o velho ergueu no ar um conjunto branco de fralda.

– Vejam! – ele balbuciou. – *Isto* é o que eles aprontaram para mim.

– Os bebês sempre usam isso – disse a enfermeira, empertigada.

– Bem – disse o velho –, este bebê aqui não estará usando nada dentro de uns dois minutos. Este cobertor me dá coceira. Eles podiam pelo menos ter me dado um lençol.

– Não tire o cobertor! Não tire o cobertor! – o sr. Button apressou-se em pedir. – O que é que eu vou fazer? – ele perguntou, voltando-se na direção da enfermeira.

– Vá comprar algumas roupas para o seu filho na cidade.

A voz do filho do sr. Button seguiu-o até o corredor:

– E uma bengala, pai. Eu quero ter uma bengala.

O sr. Button bateu a porta externa brutalmente...

II

– Bom dia – disse o sr. Button, com nervosismo, ao balconista da Chesapeake Dry Goods Company. – Quero comprar algumas roupas para o meu filho.

– Qual é a idade do seu filho, senhor?

– Mais ou menos seis horas – respondeu, sem a devida consideração, o sr. Button.

– A seção de artigos para bebês fica nos fundos.

– Ora, eu não creio... não estou certo de que isso seja o que eu quero. É que... ele é uma criança de tamanho extraordinariamente grande. Excepcionalmente... hã... grande.

– Eles têm os maiores tamanhos para crianças.

– A seção para meninos fica onde? – indagou o sr. Button, trocando de premissa, desesperado; sentiu que o balconista decerto farejava o vergonhoso segredo.

– Aqui mesmo.

– Bem... – ele hesitou.

A ideia de vestir o filho com roupas de homem lhe provocava repulsa. Se, digamos, conseguisse ao menos encontrar um traje de menino *bem* grande, poderia cortar aquela barba comprida e horrorosa, tingir o cabelo branco de castanho e, assim, dar um jeito de ocultar o pior, conservando em parte a autoestima – sem falar em sua posição na sociedade de Baltimore.

Mas uma inspeção frenética na seção para meninos não revelou nenhum traje que servisse ao recém-nascido Button. Ele culpou a loja, é claro – em tais casos, a coisa certa é culpar a loja.

– Qual idade o senhor disse que o seu filho tinha? – quis saber, com curiosidade, o balconista.

– Ele tem... dezesseis.

– Ah, me desculpe. Pensei que o senhor tivesse dito seis *horas*. O senhor poderá encontrar a seção para rapazes no corredor seguinte.

O sr. Button afastou-se com profunda infelicidade. Então parou, animado, e apontou o dedo na direção de um manequim vestido na vitrine.

– Ali! – exclamou. – Vou levar aquele traje, aquele ali no manequim.

O balconista arregalou os olhos.

– Ora – ele protestou –, aquilo não é traje de criança. Pode ser que *seja*, mas só se a criança quiser se fantasiar. O senhor mesmo poderia usá-lo!

– Embrulhe o traje – insistiu o cliente, com nervosismo. – É esse que eu quero.

O atônito balconista obedeceu.

De volta ao hospital, o sr. Button entrou no berçário e praticamente atirou o embrulho em cima de seu filho.

– Aqui estão as suas roupas – vociferou.

O velho desatou o embrulho e examinou o conteúdo com um olhar zombeteiro.

– Elas me parecem um pouco esquisitas – ele reclamou. – Não quero ser feito de palhaço...

– Você foi quem me fez de palhaço! – retorquiu, feroz, o sr. Button. – Não dê importância se você parecer esquisito. Coloque as roupas... ou eu... ou eu lhe darei uma *surra*.

Ele engoliu com desconforto essa última palavra, sentindo, mesmo assim, que havia dito a coisa mais adequada.

– Certo, pai – isto com uma simulação grotesca de respeito filial –, o senhor viveu mais tempo, sabe melhor como são as coisas. Vou fazer o que manda.

Como antes, o som da palavra "pai" causou um violento sobressalto no sr. Button.

– E trate de se apressar!

– Eu estou me apressando, pai.

Quando seu filho terminou de se vestir, o sr. Button encarou-o com depressão. A vestimenta consistia de meias pontilhadas, calças cor-de-rosa e uma blusa com um cinto e um largo colarinho branco. Por cima deste último, a comprida barba esbranquiçada ondulava, despencando quase até a cintura. O efeito não era bom.

– Espere!

O sr. Button pegou um tesourão hospitalar e, com três golpes rápidos, amputou uma grande porção da barba. Mesmo com esse aprimoramento, porém, o conjunto ainda estava muito longe da perfeição. A moita remanescente de cabelo desgrenhado, os olhos aguados e os dentes vetustos pareciam formar uma estranha dissonância com a jovialidade da vestimenta. O sr. Button, no entanto, foi obstinado – e estendeu a mão.

– Vamos! – ele disse, autoritário.

O filho pegou a mão de modo confiante.

– Vai me chamar como, papai? – ele balbuciou enquanto os dois saíam do berçário. – Apenas "bebê" por algum tempo? Até que pense num nome melhor?

O sr. Button grunhiu.

– Não sei – ele respondeu, rude. – Creio que o chamaremos de Matusalém.

III

Mesmo depois de o novo acréscimo à família Button ter tido o cabelo cortado bem curto e então tingido de um preto esparso e artificial, ter sido barbeado até a raiz, a ponto de ficar com o rosto reluzente, e ter sido trajado com uma roupa de menininho feita sob encomenda por um alfaiate boquiaberto, foi impossível ao sr. Button ignorar o fato de que o filho era um arremedo de primeiro bebê da família. A despeito de suas costas curvadas de homem idoso, Benjamin Button – pois era com esse nome que o chamavam, em lugar do apropriado mas ofensivo Matusalém – tinha um metro e 73 centímetros de altura. Suas roupas não ocultavam isso, e tampouco as sobrancelhas aparadas e tingidas disfarçavam o fato de que os olhos abaixo eram desbotados e aguados e cansados. Com efeito, a ama-seca que havia sido antecipadamente contratada saiu da casa depois de um único olhar, num estado de considerável indignação.

Mas o sr. Button persistiu em seu inabalável propósito. Benjamin era um bebê, e um bebê ele continuaria sendo. A princípio, ele declarou que, se Benjamin não gostasse de leite morno, ficaria então sem comida alguma, mas por fim aceitou permitir ao filho pão com manteiga, e até mesmo mingau de aveia numa conciliação. Certo dia ele trouxe para casa um chocalho e, após dá-lo para Benjamin, insistiu de maneira taxativa que o filho devia "brincar com aquilo"; sendo assim, o velho pegou o chocalho com uma expressão enfastiada e obedientes chacoalhadas puderam ser ouvidas, a intervalos, ao longo do dia todo.

Não pode haver dúvida, porém, de que Benjamin ficava entediado com o chocalho e descobria divertimentos diferentes e mais tranquilizantes quando era deixado sozinho. Por exemplo: o sr. Button constatou certo dia que durante a semana anterior havia fumado mais charutos do que jamais fumara antes – um fenômeno que foi explicado alguns dias mais tarde, quando, entrando inesperadamente no quarto do menino, viu o cômodo tomado por uma tênue bruma azulada e Benjamin, com uma expressão culpada no rosto, tentando esconder o toco de um escuro Havana. Isso, é claro, tornava indispensável uma surra severa, mas o sr. Button constatou não ter estômago para ministrá-la. Ele apenas advertiu o filho de que assim "prejudicaria seu crescimento".

Não obstante, o sr. Button persistiu em sua atitude. Ele trouxe para casa soldadinhos de chumbo, trouxe trens de brinquedo, trouxe grandes e adoráveis animais feitos de algodão e, num aperfeiçoamento da ilusão que estava criando – ao menos para si próprio –, perguntou ao balconista da loja de brinquedos, com enorme preocupação, "se a tinta do pato cor-de-rosa sairia, na hipótese de que o bebê o colocasse na boca". No entanto, apesar de todos os esforços do pai, Benjamin recusava-se a ficar interessado. Ele descia sorrateiramente a escada dos fundos e entrava de novo no seu quartinho com um volume da Enciclopédia Britânica, sobre o qual se debruçava por tardes a fio, enquanto suas vacas de algodão e sua Arca de Noé eram deixadas no chão, negligenciadas. Contra tamanha teimosia os esforços do sr. Button não tinham quase nenhum proveito.

A sensação causada em Baltimore foi, a princípio, prodigiosa. O quanto a desventura teria custado socialmente aos Button e seus parentes não poderá ser determinado, pois a deflagração da Guerra Civil atraiu as atenções da cidade para outras coisas. Algumas poucas pessoas infalivelmente polidas quebraram a cabeça inventando cumprimentos para dar aos pais – e afinal lhes ocorreu o engenhoso artifício de declarar que o bebê era parecido com o avô, um fato que, devido ao típico estado de decadência comum a todos os septuagenários, não podia ser negado. O sr. e a sra. Roger Button não ficaram nem um pouco contentes, e o avô de Benjamin sentiu-se furiosamente insultado.

Benjamin, tendo saído do hospital, aceitou a vida tal como a encontrou. Diversos menininhos eram trazidos para vê-lo, e ele passou uma tarde tentando extrair algum interesse, com suas juntas duras, de piões e bolinhas de gude – conseguiu inclusive, por mero acaso, quebrar a janela da cozinha com uma pedra lançada por estilingue, façanha que deleitou secretamente o pai.

Desde então Benjamin tramou para quebrar alguma coisa todos os dias, mas passou a fazer essas coisas apenas porque elas eram esperadas dele e porque era prestativo por natureza.

Quando esgotou-se o antagonismo inicial de seu avô, Benjamin e o apaziguado cavalheiro encontraram enorme prazer na companhia um do outro. Ficavam sentados por horas, esses dois, tão apartados na idade ou na experiência e, como velhos camaradas, discutiam com incansável monotonia os lentos acontecimentos do dia. Benjamin sentia-se mais à vontade ao lado do avô do que ao lado dos pais – eles pareciam sempre um pouco intimidados pelo filho e, apesar da autoridade ditatorial que exerciam sobre ele, com frequência o tratavam por "senhor".

Ele estava tão intrigado quanto qualquer outra pessoa com sua idade aparentemente avançada de corpo e mente no nascimento. Leu a respeito na publicação médica, mas constatou que nenhum caso semelhante jamais havia sido registrado. Por insistência do pai, fez uma sincera tentativa de brincar com os outros meninos e várias vezes participava dos jogos mais leves – o futebol o sacudia demais, e ele temia que no caso de uma fratura os seus ossos vetustos recusassem conserto.

Quando fez cinco anos, foi mandado ao jardim de infância, onde o iniciaram na arte de colar papel verde em papel laranja, elaborar mapas coloridos e fabricar infinitos colares de cartolina. Benjamin tinha uma propensão de pegar no sono no meio dessas tarefas, um hábito que tanto irritava quanto assustava sua jovem professora. Para alívio do aluno, a professora se queixou aos pais, e ele foi retirado da escola. Os Roger Button disseram aos amigos que ainda o consideravam pequeno demais.

Na época em que Benjamin chegou aos doze anos, os pais já tinham se acostumado com ele.

Na verdade, tão poderosa é a força do hábito que os dois já não sentiam que ele fosse diferente de qualquer outra criança – exceto quando alguma anomalia curiosa os fazia lembrar o fato. Mas certo dia, poucas semanas após seu décimo segundo aniversário, enquanto olhava-se no espelho, Benjamin fez, ou pensou ter feito, uma descoberta espantosa. Será que os seus olhos queriam enganá-lo? Ou seus cabelos haviam mesmo, nos seus doze anos de vida, passado do branco para um cinza-chumbo sob a tintura dissimuladora? O emaranhado de rugas no rosto estava se tornando menos pronunciado? Sua pele estava ficando mais saudável e mais firme, inclusive com um rosado toque invernal? Não tinha certeza. Sabia que suas costas já não eram curvadas e que suas condições físicas haviam melhorado desde os primeiros dias de sua vida.

"Será possível...?", Benjamin pensou consigo mesmo, ou melhor, mal se atreveu a pensar.

Foi falar com o pai.

– Estou crescido – anunciou com determinação. – Quero colocar calças compridas.

O pai hesitou.

– Bem – ele disse afinal. – Eu não sei. Catorze anos é a idade para colocar calças compridas... e você só tem doze.

– Mas o senhor tem de admitir – protestou Benjamin – que sou grande para a minha idade.

O pai olhou para ele com ilusória especulação.

– Ah, não estou tão certo disso – ele disse. – Eu era tão grande como você aos doze anos.

Isso não era verdade – era tudo parte do silencioso acordo de Roger Button consigo mesmo para acreditar na normalidade do filho.

Por fim os dois chegaram a uma conciliação. Benjamin deveria continuar pintando seu cabelo. Deveria demonstrar mais afinco em suas tentativas de brincar com os meninos de sua própria idade. Não deveria usar seus óculos ou portar uma bengala na rua. Em retribuição por essas concessões, lhe foi permitido o primeiro traje de calças compridas...

IV

Sobre a vida de Benjamin Button entre o décimo segundo e o vigésimo primeiro ano, pretendo dizer pouco. Basta registrar que foram anos de decrescimento normal. Quando Benjamin chegou aos dezoito, estava ereto como um homem de cinquenta; tinha mais cabelo, numa tonalidade de cinza-escuro; tinha passo firme, a voz perdera o tremular rachado e descera para um saudável barítono. De modo que seu pai enviou-o a Connecticut para fazer os exames de admissão na Yale College. Benjamin passou no exame, tornando-se um membro da turma de calouros.

No terceiro dia depois de sua matrícula, recebeu uma notificação do sr. Hart, o responsável pelos registros na faculdade, para comparecer ao seu escritório e programar os horários das aulas. Benjamin, olhando-se de relance no espelho, decidiu que o seu cabelo precisava de uma nova aplicação da tintura castanha, mas uma inspeção ansiosa na gaveta da escrivaninha revelou que o frasco de tintura não estava ali. Então ele se lembrou – esvaziara o frasco na véspera e o jogara fora.

Benjamin estava num dilema. Tinha de se apresentar ao registrador em cinco minutos. Parecia não haver salvação – ele precisaria ir como estava. Ele foi.

– Bom dia – disse o registrador, de maneira polida. – O senhor veio perguntar sobre o seu filho.

– Bem, na verdade o meu nome é Button... – começou Benjamin, mas o sr. Hart o interrompeu.

– Fico muito contente por conhecê-lo, sr. Button. Estou esperando seu filho chegar aqui a qualquer momento.

– Sou eu! – irrompeu Benjamin. – Eu sou um calouro.

– O quê?!

– Eu sou um calouro.

– Certamente o senhor está brincando comigo.

– De modo algum.

O registrador franziu a testa e passou os olhos pelo cartão diante dele.

– Ora, eu tenho escrito aqui que o sr. Benjamin Button tem dezoito anos de idade.

– Essa é a minha idade – afirmou Benjamin, corando de leve.

O registrador fitou Benjamin com enfado.

– Ora, francamente, sr. Button, não espera que eu caia nessa.

Benjamin sorriu de maneira cansada.

– Eu tenho dezoito anos – repetiu.

O registrador apontou a porta num gesto ríspido.

– Saia daqui – ele disse. – Saia da faculdade, saia da cidade. O senhor é um lunático perigoso.

– Eu tenho dezoito anos.

O sr. Hart abriu a porta.

– Que bela ideia! – ele gritou. – Um homem com a sua idade tentando entrar aqui como se fosse um calouro. Dezoito anos, é isso? Pois bem, eu lhe dou dezoito minutos para sair da cidade.

Benjamin Button retirou-se com dignidade do recinto, e alguns estudantes que aguardavam no saguão o seguiram curiosamente com os olhos. Depois de ter se afastado um pouco ele deu meia-volta, encarou o enfurecido registrador, que ainda estava parado no vão da porta, e repetiu com voz firme:

– Eu tenho dezoito anos de idade.

Sob um coro de risinhos incontidos dos estudantes, Benjamin se foi.

Mas não era seu destino escapar tão facilmente. Em sua melancólica caminhada rumo à estação de trem, constatou que estava sendo seguido por um grupo, depois por um bando, e afinal por uma densa massa de estudantes. Circulara o rumor de que um lunático tinha sido aprovado nos exames de admissão da Yale College e havia tentado se passar por um rapaz de dezoito anos. Uma excitação febril disseminou-se pela faculdade. Homens sem chapéu saíram correndo das aulas, o time de futebol abandonou o treino e juntou-se à multidão, esposas de professores com chapeuzinhos tortos e anquinhas desaprumadas correram aos gritos atrás da procissão, da qual provinha uma contínua sucessão de comentários visando as ternas sensibilidades de Benjamin Button.

– Ele deve ser o judeu errante!

– Ele deveria ir para uma escola preparatória com essa idade!

– Vejam o menino prodígio!

– Ele achou que aqui funcionava um asilo de velhos.

– Vá estudar em Harvard!

Benjamin acelerou sua marcha e logo começou a correr. Ele lhes mostraria! *Iria* mesmo estudar em Harvard, e aí eles lamentariam aqueles escárnios inconsiderados!

São e salvo a bordo do trem para Baltimore, ele colocou a cabeça para fora da janela.

– Vocês vão se arrepender! – gritou.

– Ha, ha! – riram os estudantes. – Ha, ha, ha!

Foi o maior erro que a Yale College jamais cometeu...

V

Em 1880, Benjamin Button completou vinte anos e marcou seu aniversário indo trabalhar para o pai no Roger Button & Co., Atacado de Ferragens. Foi nesse mesmo ano que ele começou a "sair socialmente" – isto é, o pai insistiu em levá-lo a diversos bailes elegantes. Roger Button tinha cinquenta anos agora, e o seu filho e ele iam ficando cada vez mais companheiros – na verdade, desde que Benjamin deixara de tingir o cabelo (que ainda era grisalho), os dois pareciam ter mais ou menos a mesma idade e poderiam ter passado por irmãos.

Certa noite de agosto eles entraram no faetonte, trajados com formalidade completa, e se encaminharam para um baile na casa de campo dos Shevlin, situada nos arredores de Baltimore. Era uma noite deslumbrante. A lua cheia inundava a estrada com uma cor opaca de platina, e flores de colheita tardia exalavam no ar imóvel aromas que eram como risos baixos e difíceis de ouvir. O campo aberto, atapetado por trigo brilhante até onde a visão chegava, era translúcido como se fosse dia. Era quase impossível não ser afetado pela pura beleza do céu – quase.

– Existe um grande futuro no negócio dos produtos secos – Roger Button ia dizendo.

Ele não era um homem espiritual – seu senso estético era rudimentar.

– Sujeitos velhos como eu não conseguem aprender novos truques – ele observou profundamente. – São vocês, jovens com energia e vitalidade, os sujeitos que têm o grande futuro pela frente.

Bem longe na estrada tornaram-se visíveis as luzes da casa de campo dos Shevlin e, pouco depois, um som suspirante veio assomando com persistência na direção deles – podia ter sido a bela lamúria dos violinos ou o farfalhar do trigo prateado sob o luar.

Eles pararam atrás de uma vistosa carruagem Brougham, cujos passageiros desembarcavam diante da porta. Uma dama desceu, depois um cavalheiro idoso, e então outra jovem dama, linda como o pecado. Benjamin teve um sobressalto; uma transformação quase química pareceu dissolver e recompor as substâncias do seu corpo. Um calafrio percorreu sua espinha, o sangue aflorou nas faces, na testa, e os seus ouvidos latejaram numa vibração constante. Era o primeiro amor.

A garota era esbelta e delicada, com um cabelo que era cinzento sob o luar e cor de mel sob as cintilantes lâmpadas de gás do alpendre. Jogada sobre os ombros, ela tinha uma mantilha espanhola do mais suave amarelo, arabescada por borboletas pretas; os pés eram botões resplandecentes na orla do vestido armado.

Roger Button inclinou-se para dizer ao filho:

– Aquela é a jovem Hildegarde Moncrief, filha do general Moncrief.

Benjamin assentiu friamente com a cabeça.

– Muito bonitinha – ele disse, num tom indiferente.

Mas em seguida, quando a pequena carruagem foi levada dali pelo garoto negro, ele acrescentou:

– Pai, o senhor poderia me apresentar para ela.

Os dois se aproximaram de um grupo do qual a srta. Moncrief era o centro. Criada no antigo costume, ela fez uma longa mesura perante Benjamin. Sim, ela lhe concedia uma dança. Ele agradeceu e se afastou – se afastou cambaleando.

O intervalo até que chegasse a vez de Benjamin arrastou-se de modo interminável. Ele permaneceu junto à parede, silencioso, inescrutável, observando com olhos assassinos os jovenzinhos de Baltimore que turbilhonavam em volta de Hildegarde Moncrief, com admiração apaixonada em suas fisionomias. Eles pareciam repugnantes a Benjamin; tão intoleravelmente viçosos! Aquelas suíças castanhas e onduladas despertavam nele um sentimento equivalente à indigestão.

Mas quando chegou sua vez e ele deslizou com ela pelo soalho transformado ao som da música da mais recente valsa de Paris, seus ciúmes e suas ansiedades derreteram e sumiram como um manto de neve. Cego de encantamento, ele sentiu que a vida estava só começando.

– O senhor e o seu irmão chegaram aqui ao mesmo tempo que nós, não é mesmo? – perguntou Hildegarde, encarando Benjamin com olhos que eram como um brilhante esmalte azul.

Benjamin hesitou. Se ela o tomava pelo irmão de seu pai, seria melhor esclarecê-la? Recordou sua experiência em Yale e então decidiu que não o faria. Seria grosseiro contradizer uma dama; seria criminoso estragar aquela ocasião extraordinária com a grotesca história de sua origem. Mais tarde, talvez. De modo que ele assentiu com a cabeça, sorriu, ouviu, foi feliz.

– Gosto de homens com a sua idade – falou Hildegarde. – Garotos novos são tão idiotas. Eles me falam sobre quanto champanhe beberam na faculdade ou quanto dinheiro perdem jogando cartas. Os homens com a sua idade sabem como apreciar as mulheres.

Benjamin sentiu-se na iminência de declarar-se para ela – com esforço segurou esse impulso.

– O senhor tem precisamente a idade romântica – ela continuou. – Cinquenta. Vinte e cinco é uma idade mundana demais; o homem de trinta tem uma tendência a ficar abatido pelo excesso de trabalho; quarenta é a idade das longas histórias que um homem demora um charuto inteiro para contar; sessenta é... ah, sessenta está perto demais de setenta; mas cinquenta é a idade madura. Eu adoro cinquenta.

Os cinquenta anos pareceram para Benjamin uma idade gloriosa. Ele ansiou ardentemente ter cinquenta anos.

– Eu sempre disse – prosseguiu Hildegarde – que preferiria me casar com um homem de cinquenta que cuidasse de mim antes de pensar num homem de trinta do qual *eu* precisasse cuidar.

Para Benjamin, o resto da noite ficou banhado numa névoa cor de mel. Hildegarde concedeu-lhe mais duas danças, e eles descobriram que estavam maravilhosamente de acordo em todas as questões da atualidade. Ela iria passear de carro com ele no domingo seguinte, e então os dois discutiriam todas essas questões mais a fundo.

Voltando para casa no faetonte pouco antes do romper da aurora, quando as primeiras abelhas zumbiam e a lua evanescente bruxuleava no orvalho fresco, Benjamin teve uma vaga impressão de que seu pai discorria sobre o atacado de ferragens.

– ...E onde, no seu entender, deveríamos concentrar a nossa maior atenção, depois dos martelos e dos pregos? – o Button mais velho perguntava.

– No amor – retrucou Benjamin, distraído.

– No valor? – exclamou Roger Button. – Ora, eu estava falando sobre a questão dos valores agora mesmo.

Benjamin fitou seu pai com olhos aturdidos bem no momento em que o céu oriental era rachado pela luz, de súbito, e um corrupião-laranja soltava um bocejo penetrante nas árvores ressuscitadas...

VI

Quando, seis meses depois, o noivado da srta. Hildegarde Moncrief com o sr. Benjamin Button se tornou conhecido (eu digo "se tornou conhecido" porque o general Moncrief declarou que enfiaria sua espada no peito caso tivesse de anunciar esse acontecimento), a excitação na sociedade de Baltimore chegou a um nível febril. A história quase esquecida do nascimento de Benjamin foi lembrada e espalhada, nas asas do escândalo, sob formas picarescas e inacreditáveis. Diziam que Benjamin era na verdade o pai de Roger Button, que ele era o irmão de Roger que ficara na prisão durante quarenta anos, que ele era John Wilkes Booth disfarçado – e, por fim, que ele tinha dois pequenos chifres cônicos brotando da cabeça.

Os suplementos dominicais dos jornais de Nova York exploraram o caso com desenhos fascinantes que mostravam a cabeça de Benjamin Button grudada num peixe, numa cobra e por fim num sólido corpo de latão. Ele passou a ser conhecido, jornalisticamente, como o Homem Misterioso de Maryland. Mas a história verdadeira, como costuma ser o caso, teve uma circulação bastante pequena.

No entanto, todos concordavam com o general Moncrief que era "criminoso" para uma garota adorável, que poderia ter casado com qualquer galã de Baltimore, jogar-se nos braços de um homem que tinha seguramente cinquenta anos. Em vão o sr. Roger Button publicou a certidão de nascimento do filho em letras grandes no *Blaze* de Baltimore. Ninguém acreditou. Era preciso apenas olhar Benjamin para ver.

Por parte das duas pessoas mais interessadas no caso não houve hesitação. Tantas das histórias a respeito de seu noivo eram falsas que Hildegarde recusou-se com grande obstinação a crer até mesmo na verdadeira. Em vão o general Moncrief apontou para sua filha a elevada mortalidade entre os homens de cinquenta anos – ou, pelo menos, entre os homens que aparentavam ter cinquenta; em vão falou sobre a instabilidade do negócio do atacado de ferragens. Hildegarde escolhera casar-se pela maturidade – e de fato se casou...

VII

Num aspecto, pelo menos, os amigos de Hildegarde Moncrief estavam enganados. O negócio do atacado de ferragens prosperou de modo impressionante. Nos quinze anos entre o casamento de Benjamin Button, em 1880, e a aposentadoria de seu pai, em 1895, a fortuna da família duplicou – e isso se deveu, em grande medida, ao sócio mais novo da firma.

Baltimore, é desnecessário dizer, acabou por acolher o casal em seu seio. Inclusive o velho general Moncrief se reconciliou com o genro quando Benjamin lhe deu o dinheiro para lançar sua *História da Guerra Civil* em vinte volumes, que tinha sido recusada por nove proeminentes editores.

No próprio Benjamin, quinze anos haviam forjado muitas mudanças. Parecia-lhe que o sangue fluía com vigor renovado em suas veias. Começou a ser um prazer levantar de manhã, caminhar com passos vigorosos pela rua movimentada e ensolarada, trabalhar incansavelmente com seus despachos de martelos e suas cargas de pregos. Foi em 1890 que ele executou seu famoso golpe de mestre nos negócios: apresentou a sugestão de que *todos os pregos usados para pregar as caixas nas quais os pregos são despachados sejam propriedade do despachante*, uma proposta que se transformou em estatuto, foi aprovada pelo juiz Fossile, presidente da Suprema Corte, e poupou ao Roger Button & Co., Atacado de Ferragens, mais de *seiscentos* pregos por ano.

Além disso, Benjamin descobriu que estava ficando mais e mais atraído pelo lado alegre da vida. Foi típica do entusiasmo crescente pelo prazer a circunstância de ter sido ele o primeiro homem na cidade de Baltimore a ter e conduzir um automóvel. Encontrando Benjamin na rua, os contemporâneos contemplavam, invejosos, a imagem de saúde e vitalidade que ele ostentava.

– Ele parece ficar mais jovem a cada ano que passa – comentavam.

E se o velho Roger Button – agora com 65 anos de idade – a princípio falhara em dar um acolhimento adequado ao filho, ele afinal se redimiu concedendo-lhe algo que era quase uma total adulação.

E aqui chegamos a um assunto desagradável, do qual será bom nos livrarmos com a maior rapidez possível. Uma única coisa preocupava Benjamin Button: a esposa tinha deixado de atraí-lo.

Por aquela altura Hildegarde era uma mulher de 35, com um filho, Roscoe, de catorze anos. Nos primeiros tempos do casamento, Benjamin havia venerado sua esposa. Com o passar dos anos, porém, os cabelos cor de mel de Hildegarde assumiram um tom castanho que não era nem um pouco excitante, o esmalte azul de seus olhos ganhou um aspecto de louça barata – afora isso, e acima de tudo, ela tornara-se acomodada demais no modo de ser, plácida demais, contente demais, anêmica demais em seus arroubos e sóbria demais em seu gosto. Quando noiva, era ela quem "arrastava"

Benjamin para danças e jantares – as condições estavam invertidas agora. Hildegarde saía socialmente com ele, mas sem entusiasmo, já devorada pela inércia eterna que chega para viver com cada um de nós certo dia e permanece conosco até o fim.

O descontentamento de Benjamin assentava-se com força cada vez maior. Na deflagração da Guerra Hispano-Americana, em 1898, ele via tão pouca graça em seu lar que decidiu se alistar no exército. Com a influência empresarial, obteve uma patente de capitão, provando ser tão adaptável ao trabalho que foi promovido a major e por fim a tenente-coronel, bem a tempo de participar da célebre Batalha de San Juan Hill. Ele foi ligeiramente ferido e recebeu uma medalha.

Benjamin tornara-se tão apegado às atividades e emoções da vida militar que lamentou ter de abandoná-la, mas os negócios demandavam atenção, de modo que ele abriu mão da patente e voltou para casa. Foi recebido na estação por uma fanfarra e escoltado até sua residência.

VIII

Acenando com uma grande bandeira de seda, Hildegarde saudou-o no alpendre, e até mesmo enquanto a beijava ele sentiu, com um peso no coração, que aqueles três anos haviam cobrado seu preço. Ela era uma mulher de quarenta anos agora, exibindo em sua cabeça uma tênue linha de combate formada por cabelos grisalhos. A visão o deprimiu.

No andar de cima, no quarto, Benjamin olhou seu reflexo no espelho familiar – aproximou-se mais e examinou o próprio rosto com ansiedade, comparando-o logo depois com uma fotografia na qual ele aparecia de uniforme, tirada pouco antes da guerra.

– Santo Deus! – ele disse em voz alta.

O processo continuava. Não havia dúvida alguma – ele agora parecia um homem de trinta anos. Em vez de se regozijar, Benjamin sentiu inquietação – estava ficando mais jovem. Até então havia esperado que, atingida uma idade corporal equivalente à idade em anos, o fenômeno grotesco que marcara o seu nascimento deixaria de funcionar. Ele estremeceu. O destino lhe pareceu medonho, inacreditável.

Quando desceu, sua esposa o aguardava. Hildegarde aparentava estar aborrecida, e Benjamin perguntou a si mesmo se ela por fim descobrira que havia algo errado. Foi com um esforço para aliviar a tensão entre ambos que ele tocou no assunto, durante o jantar, de uma maneira que considerou delicada.

– Bem – comentou Benjamin, num tom ameno –, todo mundo fala que pareço mais jovem do que nunca.

Hildegarde encarou-o com desdém. Ela fungou.

– Você acha que isso é algo para ficar se vangloriando?

– Eu não estou me vangloriando – ele afirmou, desconfortável.

Ela fungou de novo.

– Que ideia... – Hildegarde disse, calando-se por um momento. – Pensei que você tivesse orgulho suficiente, que pararia com isso.

– Como seria possível? – ele perguntou.

– Não vou discutir com você – retorquiu ela. – Mas há uma maneira certa de fazer as coisas e uma maneira errada. Se você botou na cabeça que vai ser diferente de todas as outras pessoas, não creio que possa impedi-lo, mas realmente não acho que isso seja muito atencioso.

– Mas, Hildegarde, eu não consigo evitar.

– Consegue, sim. Você é simplesmente teimoso. Acha que não quer ser igual a ninguém. Você sempre foi assim e sempre será. Mas pense apenas como seria se todas as outras pessoas encarassem as coisas como você... como seria o mundo?

Sendo aquele um argumento irrespondível e oco, ele não retorquiu, e dali em diante um abismo começou a se alargar entre os dois. Era um enigma, para Benjamin, que Hildegarde já tivesse exercido alguma fascinação sobre ele.

Para intensificar a ruptura ele constatou, enquanto avançava o novo século, que sua sede por divertimentos ganhava mais força. Não havia uma única festa de qualquer tipo na cidade de Baltimore na qual não marcasse presença, dançando com as jovens casadas mais bonitas, conversando com as debutantes mais populares e se deslumbrando com a companhia delas, enquanto sua esposa, uma matrona de mau agouro, permanecia sentada entre as aias, ora em altiva desaprovação, ora vigiando as ações dele com olhos solenes, perplexos e recriminadores.

– Vejam! – as pessoas comentavam. – Que lástima! Um sujeito tão jovem acorrentado a uma mulher de 45. Ele deve ser vinte anos mais novo do que a esposa.

As pessoas haviam esquecido – como inevitavelmente costumam esquecer – que tempos antes, em 1880, suas mamães e seus papais também tinham feito comentários sobre esse mesmo casal malformado.

A crescente infelicidade de Benjamin em casa era compensada por inúmeros novos interesses. Ele começou a praticar golfe e fez grande sucesso. Dedicou-se à dança: em 1906, era um especialista em "Boston" e, em 1908, era considerado proficiente em "Maxixe", ao passo que, em 1909, o seu "Castle Walk" foi invejado por todos os rapazes da cidade.

As atividades sociais, é claro, interferiam em certa medida nos seus negócios, mas agora ele já trabalhara duro no atacado de ferragens ao longo de 25 anos e sentia que logo poderia transferir o comando ao filho, Roscoe, que se graduara recentemente por Harvard.

O filho e ele, com efeito, eram várias vezes confundidos um com o outro. Isso agradava Benjamin – ele logo esqueceu o medo insidioso que havia se apoderado dele no regresso da Guerra Hispano-Americana e passou a extrair um prazer ingênuo de sua aparência. Restava uma única mosca no delicioso manjar: ele detestava aparecer em público com sua esposa. Hildegarde tinha quase cinquenta anos, e só de olhar para ela Benjamin sentia-se absurdo...

IX

Num belo dia, em setembro de 1910 – poucos anos após a transferência do Roger Button & Co., Atacado de Ferragens, ao jovem Roscoe Button –, um homem, aparentando cerca de vinte anos de idade, inscreveu-se como calouro na Universidade de Harvard, em Cambridge. Ele não cometeu o equívoco de anunciar que nunca faria cinquenta anos de novo, tampouco mencionou o fato de que o filho se graduara naquela mesma instituição dez anos antes.

O homem foi admitido e obteve quase de imediato uma posição proeminente na turma, em parte por parecer um pouco mais velho do que os outros calouros, cujas idades giravam em torno dos dezoito anos.

Mas seu sucesso foi devido sobretudo ao fato de que no jogo de futebol americano com Yale ele foi tão brilhante, atuou com tamanho ímpeto e uma fúria tão fria e desapiedada que acabou marcando sete touchdowns e catorze field goals para Harvard e ainda fez com que um time inteiro de Yale saísse de campo – onze homens foram carregados, um por um, inconscientes. Ele era o homem mais célebre da faculdade.

Por mais estranho que pareça, em seu terceiro ou penúltimo ano ele mal conseguiu ser "chamado" para o time. Os treinadores diziam que o jovem perdera peso, e os mais observadores percebiam que já não era tão alto como antes. Ele nunca mais fez nenhum touchdown – na verdade, foi mantido na equipe principalmente na esperança de que sua enorme reputação causasse terror e desorganização na equipe de Yale.

Em seu último ano, não foi sequer chamado para o time. Ele ficara tão delgado e frágil que certo dia foi tratado como calouro por alguns segundanistas, um incidente que o deixou terrivelmente humilhado. Ficou conhecido como uma espécie de prodígio – um aluno do último ano que seguramente não tinha mais do que dezesseis anos – e se sentia não raro chocado com o mundanismo de alguns dos colegas. Seus estudos pareciam-lhe mais difíceis – ele achava que as matérias eram avançadas demais. Ouvira os colegas falando sobre St. Midas, a famosa escola preparatória na qual tantos deles haviam se preparado para a faculdade, e determinou que depois de sua formatura ele mesmo ingressaria na St. Midas, onde a vida protegida entre rapazes do seu próprio tamanho lhe seria mais conveniente.

Após sua formatura, em 1914, retornou para Baltimore com o diploma de Harvard no bolso. Hildegarde estava residindo agora na Itália, portanto Benjamin foi morar com o filho, Roscoe. No entanto, embora tivesse sido bem recebido de um modo geral, obviamente não havia amabilidade alguma nos sentimentos de Roscoe em relação ao pai – havia inclusive uma tendência perceptível por parte do filho de considerar Benjamin, enquanto este andava pela casa em meio a devaneios e melancolias adolescentes, como um hóspede um tanto incômodo. Roscoe era agora um homem casado e proeminente na vida de Baltimore, e não queria que viesse à tona nenhum escândalo envolvendo sua família.

Benjamin, que já não era *persona grata* entre as debutantes e os universitários mais jovens, viu-se bastante desamparado, exceto pelo companheirismo de três ou quatro garotos de quinze anos na vizinhança. Ocorreu-lhe de novo a ideia de entrar na escola St. Midas.

– Ouça uma coisa – ele disse para Roscoe certo dia –, já lhe falei diversas vezes que quero entrar na escola preparatória.

– Pois faça isso então – retrucou o filho, lacônico.

O assunto era desagradável para Roscoe, e ele desejava evitar uma discussão.

– Não posso ir sozinho – disse Benjamin, impotente. – Você precisa me matricular e me levar até lá.

– Não tenho tempo – declarou Roscoe, abrupto. O filho estreitou os olhos e observou Benjamin com desconforto.

– Para falar a verdade – ele acrescentou –, seria melhor você não ir adiante com esse negócio. Seria melhor parar aqui mesmo. Seria melhor... seria melhor... – Roscoe fez uma pausa, e o seu rosto enrubesceu enquanto ele procurava as palavras. –

Seria melhor que você desse meia-volta e começasse a seguir pelo caminho contrário. Isso já foi longe demais para ser uma piada. Já deixou de ser engraçado. Trate... trate de se comportar!

Benjamin olhou seu filho à beira das lágrimas.

– E mais uma coisa – continuou Roscoe. – Quando tivermos visitas em casa, quero que você me chame de "tio"... não "Roscoe", e sim "tio", você está entendendo? Parece absurdo que um garoto de quinze anos me chame pelo primeiro nome. Talvez seja melhor que você me chame de "tio" *o tempo todo*, para se acostumar.

Lançando um olhar seco ao pai, Roscoe se afastou...

X

Ao término dessa entrevista, Benjamin deslocou-se desolado até o andar de cima e olhou-se no espelho. Não tinha feito a barba durante três meses, mas não conseguiu encontrar nada no rosto além de uma leve penugem branca na qual lhe pareceu desnecessário mexer. Quando Benjamin viera de Harvard para casa pela primeira vez, Roscoe o abordara com uma proposição de que ele usasse óculos e colasse suíças postiças nas bochechas, e lhe parecera por um momento que a farsa de seus primeiros anos seria repetida. Mas as suíças davam coceira e o deixavam envergonhado. Ele chorou, e Roscoe cedeu com relutância.

Benjamin abriu um livro de histórias para meninos, *Os escoteiros de Bimini Bay*, e começou a ler. Mas viu-se pensando persistentemente na guerra. A América unira-se no mês anterior à causa dos Aliados, e Benjamin queria se alistar, mas, ai dele, a idade mínima era dezesseis anos, e ele não aparentava ser tão velho. Sua verdadeira idade – 57 anos – o teria desqualificado de qualquer maneira.

Houve uma batida na porta, e o mordomo apareceu trazendo uma carta com uma grande inscrição oficial no canto e endereçada ao sr. Benjamin Button. Benjamin rasgou o envelope com avidez e leu, deleitado, o conteúdo. A carta o informava de que vários oficiais da reserva que haviam servido na Guerra Hispano-Americana estavam sendo reconvocados ao serviço num posto mais elevado, e incluía sua nomeação como general de brigada no exército dos Estados Unidos com ordens para que se apresentasse imediatamente.

Benjamin se pôs de pé num salto, trêmulo de tanto entusiasmo. Isso era o que ele desejara. Pegou seu quepe; dez minutos depois havia entrado numa grande alfaiataria na Charles Street, pedindo com sua voz aguda e variante que lhe tirassem as medidas para um uniforme.

– Quer brincar de soldado, filhote? – um balconista perguntou, em tom casual.

Benjamin corou.

– Ora! Não importa o que eu quero! – ele retrucou, furioso. – Meu nome é Button e moro em Mt. Vernon Place, então o senhor sabe que tenho condições.

– Bem – admitiu o balconista, com hesitação –, se você não tem, acredito que seu pai terá, com toda certeza.

Tiraram as medidas de Benjamin, e uma semana depois o uniforme estava pronto. Ele teve dificuldades para obter a insígnia de general, porque o negociante não parava de insistir com Benjamin que um bonito distintivo da V.W.C.A. ficaria igualmente vistoso e seria bem mais divertido para brincar.

Sem dizer nada a Roscoe, certa noite ele saiu de casa e seguiu de trem para o Acampamento Mosby, na Carolina do Sul, onde comandaria uma brigada de infantaria. Num dia sufocante de abril ele se aproximou da entrada do acampamento, pagou o táxi que o trouxera da estação e voltou-se para o sentinela que estava de guarda.

– Arranje alguém para carregar a minha bagagem! – ele falou, brusco.

O sentinela fitou-o com ar de reprovação.

– Ora – ele comentou –, onde é que você vai com a roupa do general, filhote?

Benjamin, veterano da Guerra Hispano-Americana, partiu para cima dele com fogo nos olhos, mas também, ai dele, com uma voz instável e aguda.

– Posição de sentido! – ele tentou trovejar, e fez uma pausa para recuperar o fôlego.

De súbito viu o sentinela bater os calcanhares e apresentar a espingarda. Benjamin ocultou um sorriso de gratificação, mas quando olhou num relance para trás o sorriso se dissolveu. Não era ele quem inspirava obediência, e sim um imponente coronel de artilharia que vinha se aproximando a cavalo.

– Coronel! – chamou Benjamin, num grito estridente.

O coronel chegou mais perto, puxou a rédea e o encarou friamente do alto, com uma faísca nos olhos.

– Quem é o seu pai, garotinho? – ele quis saber, amável.

– Logo vou mostrar ao senhor quem é o maldito pai do garotinho! – retorquiu Benjamin, com uma voz enfurecida. – Desça desse cavalo!

O coronel caiu na gargalhada.

– Você quer o cavalo, hein, general?

– Aqui! – exclamou Benjamin, desesperado. – Leia isto.

Ele enfiou sua nomeação na mão do coronel. O coronel leu o documento, seus olhos saltando das órbitas.

– Onde é que você arranjou isto? – ele quis saber, inserindo o documento em seu próprio bolso.

– Arranjei com o governo, como o senhor logo irá constatar!

– Venha comigo – disse o coronel, com uma expressão peculiar. – Me acompanhe até o quartel-general, lá nós vamos passar isso a limpo. Venha.

O coronel virou-se e seguiu em passo lento com o cavalo na direção do quartel-general. Não havia nada que Benjamin pudesse fazer senão segui-lo com a máxima dignidade possível – prometendo a si mesmo, enquanto andava, uma vingança implacável. Mas essa vingança não se materializou. Dois dias depois, no entanto, seu filho Roscoe se materializou vindo de Baltimore, afogueado e exasperado pela viagem repentina, e escoltou o choroso general, *sans* uniforme, de volta para casa.

XI

Em 1920, nasceu o primeiro filho de Roscoe Button. Durante as festividades de comemoração, no entanto, ninguém julgou ser "a coisa certa" mencionar que o garotinho sujo com aparentes dez anos de idade que brincava pela casa com soldadinhos de chumbo e um circo em miniatura era o avô do novo bebê.

Ninguém antipatizava com esse garotinho cujo rosto fresco e alegre era estampado por um leve vestígio de tristeza, mas para Roscoe Button a presença dele era uma fonte de tormento. Na gíria de sua geração, Roscoe considerava que a situação não era "eficiente". Parecia-lhe que o pai, não querendo aparentar sessenta anos, não se comportara como um "macho puro-sangue" (a expressão favorita de Roscoe), e sim de um modo curioso e pertinaz. Na verdade, pensar nesse problema por até meia hora o impelia quase às raias da loucura. Roscoe acreditava que os "energizados" deviam se manter jovens, mas estender a prática em tal escala era... era... era ineficiente. E nisso Roscoe se baseava.

Cinco anos mais tarde, o filhinho de Roscoe já tinha idade suficiente para desfrutar de brincadeiras infantis com o pequeno Benjamin sob a supervisão da mesma babá. Roscoe levou-os juntos ao jardim de infância no mesmo dia, e Benjamin descobriu que brincar com pequenas tiras de papel colorido, fazendo capachos ou correntes ou lindos e curiosos modelos, era o passatempo mais fascinante do mundo. Numa ocasião ele foi um menino mau e precisou ficar de castigo num canto – então chorou –, mas na maior parte do tempo as horas eram alegres na divertida salinha, com o sol entrando pelas janelas e a mão bondosa da srta. Bailey pousando por um momento, de vez em quando, em seu cabelo desgrenhado.

O filho de Roscoe entrou na primeira série depois de um ano, mas Benjamin continuou no jardim de infância. Ele estava muito feliz. Às vezes, quando as outras criancinhas falavam sobre o que fariam quando crescessem, uma sombra turvava o seu pequeno rosto, como se ele percebesse, de um modo indistinto e infantil, que aquelas eram coisas das quais ele jamais participaria.

Os dias transcorriam em monótono contentamento. Benjamin voltou pelo terceiro ano ao jardim de infância, mas era pequeno demais, agora, para entender qual o propósito das brilhantes e lustrosas tiras de papel. Benjamin chorava porque os outros meninos eram maiores do que ele; tinha medo deles. A professora falava com ele; Benjamin tentava entender, mas não conseguia entender nem um pouco.

Ele foi tirado do jardim de infância. Sua babá, Nana, num vestido de guingão engomado, virou o centro do seu minúsculo mundo. Nos dias claros eles passeavam no parque; Nana apontava um grande monstro cinzento e dizia "elefante", então essa palavra era repetida por Benjamin e, à noite, quando era despido para dormir, ele repetia mil vezes para ela, em voz alta: "elifante, elifante, elifante". Às vezes Nana o deixava pular na cama, o que era divertido, porque se caísse sentado bem da maneira certa o colchão fazia você saltar de pé outra vez, e se dissesse "Ah" durante um longo tempo enquanto pulava você conseguia um efeito vocal quebrado bastante agradável.

Ele adorava pegar uma grande bengala no cabideiro e sair pela casa batendo em cadeiras e mesas falando "luta, luta, luta". Quando havia visitas, as damas idosas cacarejavam para ele, algo que o interessava, e as damas jovens tentavam beijá-lo, algo que ele tolerava com ligeiro aborrecimento. E quando terminava o longo dia, às cinco horas, ele subia para o andar de cima com Nana e ganhava na boca, com uma colher, mingau de aveia e outras comidas gostosas, moles e pastosas.

Não surgiam memórias importunas em seu sono infantil; não lhe ocorria lembrança alguma de seus arrojados dias na faculdade, dos anos resplandecentes nos quais ele alvoroçara o coração de várias jovens. Existiam somente as paredes brancas e seguras do seu berço, e Nana, e um homem que às vezes vinha vê-lo, e uma gigantesca bola cor de laranja que Nana apontava para ele na hora da cama no lusco-fusco e chamava de "sol". Quando o sol ia embora os olhos dele já estavam sonolentos – não havia nenhum sonho, nenhum sonho que o assombrasse.

O passado – o violento ataque à frente de seus homens na tomada de San Juan Hill; os primeiros anos de casamento, quando trabalhava crepúsculo adentro na cidade movimentada pensando na jovem e amada Hildegarde; os dias mais remotos, quando ficava fumando até altas horas da noite, na velha e sombria casa dos Button na Monroe Street, com o avô –, tudo isso havia desaparecido de sua mente como um sonho insubstancial, como se nada jamais tivesse acontecido.

Ele não lembrava. Não lembrava com clareza se tinha tomado leite morno ou frio na última refeição, ou como se passavam os dias – havia somente o berço e a presença familiar de Nana. E então ele já não lembrava nada. Quando sentia fome, chorava – isso era tudo. Ao longo dos dias e das noites ele respirava, e do alto vinham suaves murmúrios e sussurros quase inaudíveis, e cheiros levemente diferenciados, e luz e escuridão.

Depois, tudo ficou escuro, e o berço branco, e os rostos indistintos que se moviam acima, e o aroma morno e doce do leite desapareceram por completo de sua mente.

Bernice corta o cabelo

I

Aos sábados, depois do anoitecer, do primeiro *tee** do campo de golfe se via as janelas do country club como uma extensão amarela sobre um oceano muito negro e ondulado. As ondas desse oceano, por assim dizer, eram as cabeças de muitos *caddies* curiosos, de alguns dos motoristas mais hábeis, da irmã surda de um golfista profissional – e normalmente havia várias ondas desgarradas e tímidas que poderiam ter entrado se assim desejassem. Era a galeria.

A varanda era dentro. Consistia num círculo de cadeiras de vime alinhadas à parede do salão de bailes do clube. Nesses bailes de sábado à noite, era um ambiente em grande medida feminino; uma grande babel de senhoras de meia-idade com olhos afiados e corações gelados atrás de binóculos de ópera e traseiros grandes. A principal função da varanda era a crítica. De vez em quando, elas demonstravam uma certa admiração relutante, mas jamais aprovação, pois é bem sabido entre senhoras de mais de 35 anos que os mais jovens buscam a

* Local de onde o jogador dá a primeira tacada em cada buraco. (N. E.)

dança durante o verão com as piores intenções do mundo, e se eles não são bombardeados por olhos empedernidos, casais desgarrados dançarão estranhos interlúdios bárbaros nos cantos e, o mais popular e mais perigoso: as garotas às vezes serão beijadas nas limusines estacionadas pertencentes a matronas insuspeitas.

Mas, afinal, esse círculo crítico não está suficientemente próximo do palco para ver os rostos dos atores e capturar o jogo paralelo mais sutil. Pode apenas fechar a cara e reclinar-se, fazer perguntas e formular deduções satisfatórias a partir de seu conjunto de postulados, tal como a que afirma que todo jovem com boa situação financeira leva a vida de uma perdiz sendo caçada. Jamais avalia realmente o drama do mundo instável e semicruel da adolescência. Não; camarotes, frisas, plateia e coro são representados pela miscelânea de rostos e vozes que balançam com o plangente ritmo africano da orquestra dançante de Dyer.

De Otis Ormonde, de dezesseis anos, que tem mais dois anos na Hill School, a G. Reece Stoddard, sobre cuja escrivaninha em casa está pendurado um diploma de direito de Harvard; da pequena Madeleine Hogue, cujos cabelos ainda parecem estranhos e desconfortáveis no topo da cabeça, a Bessie MacRae, que tem sido a animação das festas há tempo demais – mais de dez anos –, a miscelânea não é apenas o centro do palco, mas contém as únicas pessoas capazes de terem uma visão clara de tudo.

Com um floreio e uma batida, a música para. Os casais trocam sorrisos artificiais e fáceis, repetem alegremente "la-ri-ra-*ra* tum-*tum*", e então o barulho de jovens vozes femininas se sobrepõe à explosão de aplausos.

Alguns rapazes surpreendidos no meio do salão quando estavam prestes a tirar alguém para dançar retornam apaticamente para as paredes, porque aquele não era como os tumultuados bailes de Natal – esses eventos de verão eram considerados apenas agradavelmente mornos e empolgantes, nos quais mesmo os casados mais jovens se exibiam em antigas valsas e foxtrotes para a tolerante diversão de seus irmãos mais moços.

Warren McIntyre, que costumava frequentar a universidade de Yale, sendo um dos pobres rapazes desacompanhados, tateou o bolso do paletó atrás de um cigarro e caminhou até a ampla varanda a meia-luz, onde casais se espalhavam pelas mesas, enchendo a noite iluminada por lanternas com palavras vagas e risos indistintos. Acenou com a cabeça aqui e ali para os menos absortos e, conforme passava por cada casal, algum fragmento meio esquecido de uma história passava por sua cabeça, porque não era uma cidade grande, e todo mundo sabia tudo sobre o passado de todo mundo. Ali, por exemplo, estavam Jim Strain e Ethel Demorest, que estavam comprometidos secretamente havia três anos. Todos sabiam que assim que Jim conseguisse manter um emprego por mais de dois meses, ela se casaria com ele. Ainda assim, como pareciam entediados os dois, e como Ethel olhava para Jim de modo cansado às vezes, como se estivesse se perguntando por que havia direcionado os ramos de afeição para alguém tão instável.

Warren tinha dezenove anos e se solidarizava muito com os amigos que não haviam ido estudar na Costa Leste. Mas, como a maioria dos garotos, ele se vangloriava imensamente sobre as garotas da sua cidade quando estava longe. Havia Genevieve Ormonde, que fazia regularmente as rondas de bailes, festas e jogos de futebol em Princeton, Yale, Williams e Cornell; havia Roberta Dillon, que, com seus olhos negros, era tão famosa entre aqueles de sua geração como Hiram Johnson ou Ty Cobb; e, é claro, havia Marjorie Harvey, que, além de ter um rosto de fada e uma língua fascinante e desconcertante, já era devidamente famosa por ter virado cinco estrelinhas seguidas no último baile de New Haven.

Warren, que havia crescido na casa em frente à de Marjorie, era havia muito "louco por ela". Às vezes, ela parecia retribuir o sentimento com uma ligeira gratidão, mas ela o havia submetido a seu teste infalível e dito seriamente que não o amava. Seu teste consistia em, quando ele estava longe, esquecer-se dele e ter romances com outros rapazes. Warren considerava este fato desanimador, principalmente porque Marjorie vinha fazendo pequenas viagens durante todo o verão e, nos dois ou três primeiros dias depois de cada retorno seu para casa, ele via grandes pilhas de correspondência sobre a mesa do hall de entrada dos Harvey endereçadas a ela em várias caligrafias masculinas. Para piorar a situação, durante todo o mês de agosto, ela recebera a visita de sua prima Bernice, de Eau Claire, e parecia impossível vê-la a sós. Era sempre necessário caçar alguém para cuidar de Bernice. Conforme agosto se aproximava do fim, isso ia se tornando cada vez mais difícil.

Por mais que Warren idolatrasse Marjorie, tinha de admitir que a prima Bernice era meio chata. Era bonita, com cabelos escuros e a face corada, mas não era divertida nas festas. Todos os sábados à noite ele se submetia a uma longa e árdua dança de cortesia com ela para agradar a Marjorie, mas jamais sentiu nada além de tédio em sua companhia.

– Warren – uma voz baixinha atrás de si interrompeu seus pensamentos, e ele se virou para ver Marjorie, ruborizada e radiante como sempre. Pousou a mão em seu ombro, e um brilho tomou conta dele quase que imperceptivelmente. – Warren – ela sussurrou –, faça uma coisa por mim... dance com a Bernice. Ela está empacada com o pequeno Otis Ormonde há quase uma hora.

O brilho de Warren se dissipou.

– Ora... claro – respondeu ele, sem muito entusiasmo.

– Você não se importa, não é? Cuidarei para que não fique preso a ela.

– Tá bem.

Marjorie sorriu – aquele sorriso era agradecimento suficiente.

– Você é um anjo. Fico lhe devendo essa.

Com um suspiro, o anjo olhou em torno na varanda, mas Bernice e Otis não estavam à vista. Ele voltou para dentro e lá, em frente ao vestiário feminino, encontrou Otis no centro de um grupo de jovens morrendo de rir. Otis brandia um pedaço de madeira que havia apanhado e discursava loquaz.

– Ela entrou para arrumar o cabelo – anunciou ele, com olhar insano. – Estou esperando para dançar outra música.

Os risos se renovaram.

– Por que um de vocês não a tira para dançar? – gritou Otis, indignado. – Ela gosta de variar.

– Ora, Otis – disse um amigo –, você mal se acostumou a ela.

– Por que o pedaço de pau, Otis? – indagou Warren, sorrindo.

– O pedaço de pau? Ah, isto? Isto é um taco. Quando ela sair, vou bater na cabeça dela e mandá-la para dentro novamente.

Warren desmoronou num sofá gargalhando alegremente.

– Não se preocupe, Otis – conseguiu finalmente articular. – Vou rendê-lo desta vez.

Otis simulou um repentino desmaio e passou o taco para Warren.

– Para o caso de precisar, meu velho – disse ele, num sussurro.

Não importa o quão bonita ou inteligente seja uma garota, a reputação de não ser frequentemente tirada para dançar dificulta muito a sua posição num baile. Talvez os rapazes prefiram a sua companhia em vez da companhia das borboletas com quem dançam uma dúzia de vezes por noite, mas a juventude nessa geração movida a jazz é temperamentalmente inquieta, e a ideia de dançar mais do que um foxtrote inteiro com a mesma garota é desagradável, para não dizer detestável. Quando se trata de várias danças e seus intervalos, ela pode ter certeza de que um jovem, depois de liberado, jamais pisará em seus pés novamente.

Warren dançou toda a música seguinte com Bernice e, afinal, grato pelo intervalo, levou-a até uma mesa na varanda. Houve um instante de silêncio no qual ela fez coisas pouco impressionantes com o leque.

– Aqui faz mais calor do que em Eau Claire – disse ela.

Warren reprimiu um suspiro e assentiu. Deve fazer mais calor mesmo, mas não que ele saiba ou se importe com isso. Perguntou-se se ela não era uma boa interlocutora porque não recebia atenção ou se não recebia atenção por não ser uma boa interlocutora.

– Você vai ficar aqui por muito mais tempo? – perguntou a ela, ficando bastante ruborizado. Ela poderia suspeitar dos motivos que o levavam a fazer a pergunta.

– Mais uma semana – respondeu ela, encarando-o como se fosse se lançar contra a próxima observação que saísse da boca dele.

Warren mexia-se, desconfortável. Então, com um repentino impulso generoso, resolveu experimentar parte de sua conversa com ela. Virou-se e olhou-a nos olhos.

– Você tem uma boca absurdamente beijável – começou, baixinho.

Era uma observação que fazia às vezes para garotas em bailes da faculdade durante conversas em locais à meia-luz como aquele. Bernice claramente estremeceu. Ganhou um desajeitado tom avermelhado nas faces e atrapalhou-se com o leque. Ninguém jamais havia lhe feito observação semelhante antes.

– Atrevido! – a palavra escapou antes que ela se desse conta, e então mordeu o lábio. Tarde demais, decidiu brincar e ofereceu a ele um sorriso envergonhado.

Warren ficou incomodado. Embora não estivesse acostumado que levassem a observação a sério, ela ainda assim costumava provocar um riso ou uma porção de brincadeiras sentimentais. E detestava ser chamado de atrevido, a não ser por gozação. Seu impulso generoso morreu, e ele mudou de assunto.

– Jim Strain e Ethel Demorest estão aqui fora, como sempre – comentou.

Isso estava mais de acordo com Bernice, mas um débil arrependimento se misturou ao seu alívio com a mudança de assunto. Os homens não lhe falavam sobre bocas beijáveis, mas ela sabia que eles falavam disso com outras garotas.

– Ah, sim – disse ela, rindo. – Ouvi dizer que os dois vêm se enrolando há anos por não terem um tostão furado. Não é uma chatice?

O enfado de Warren aumentou. Jim Strain era um bom amigo de seu irmão e, de qualquer modo, ele considerava falta de educação desprezar alguém por não ter dinheiro. Mas Bernice não tivera intenção de demonstrar desprezo. Apenas estava nervosa.

II

Quando Marjorie e Bernice chegaram em casa meia hora depois da meia-noite, desejaram-se boa noite no alto da escada. Embora fossem primas, não tinham intimidade. Na verdade, Marjorie não tinha amigas íntimas – achava as garotas burras. Bernice, pelo contrário, durante toda esta visita arranjada pelos pais das duas havia desejado muito trocar aquelas confidências temperadas com risos e lágrimas que considerava fatores indispensáveis em todos os relacionamentos femininos. Mas, nesse sentido, Marjorie mostrou-se bastante fria; de certo modo, para conversar com ela, sentia a mesma dificuldade que experimentava ao conversar com os homens. Marjorie nunca ria, nunca ficava assustada, raramente sentia-se envergonhada e, na realidade, tinha muito poucas das qualidades que Bernice considerava apropriada e abençoadamente femininas.

Enquanto se ocupava da escova e da pasta de dentes naquela noite, Bernice perguntou-se pela centésima vez por que nunca recebia qualquer atenção quando estava longe de casa. O fato de que a sua família fosse a mais rica de Eau Claire, de que a sua mãe fizesse festas frequentes, oferecesse jantares para a filha antes de todos os bailes e de que tivesse lhe comprado um carro para que desse as suas voltas nunca lhe ocorreu como fatores relacionados ao sucesso social de que gozava em sua cidade natal. Como a maioria das garotas, ela havia sido criada com o leite morno de Annie Fellows Johnston* e romances nos quais a mulher é amada por certas qualidades femininas misteriosas, sempre mencionadas, mas jamais reveladas.

Bernice sentia uma dor vaga por não estar sendo popular naquele momento. Não sabia que, se não fosse pela campanha de Marjorie, teria dançado a noite toda com apenas um rapaz; mas sabia que, mesmo em Eau Claire, outras garotas com menos posição e menos beleza física recebiam muito mais atenção. Atribuía isso a algo sutilmente inescrupuloso por parte dessas garotas. Era algo que nunca a havia preocupado e, se houvesse, sua mãe teria lhe assegurado que as outras garotas se desvalorizavam, e que os homens realmente respeitavam garotas como Bernice.

Desligou a luz do banheiro e, num impulso, resolveu entrar e conversar por um instante com sua tia Josephine, cuja luz ainda estava acesa. Seus

* Annie Fellows Johnston (1863-1931): escritora norte-americana de livros infantis, muito famosa na virada do século sobretudo por uma série de títulos iniciada com *The Little Colonel.* (N. E.)

chinelos macios a levaram silenciosamente pelo corredor acarpetado, mas, ao escutar vozes vindo do quarto, parou perto da porta entreaberta. Então ouviu o próprio nome e, sem qualquer intenção clara de escutar atrás da porta, permaneceu ali – e o assunto da conversa que ocorria lá dentro atingiu sua consciência de modo afiado, como se ela tivesse sido atravessada com uma agulha.

– Ela é um caso absolutamente perdido! – era a voz de Marjorie. – Ah, eu sei o que você vai dizer! Que muita gente lhe disse o quanto ela é bonita e doce, e como ela sabe cozinhar! E daí? Ela é chata. Os homens não gostam dela.

– Ah, e que diferença faz esse tipo de popularidade?

A sra. Harvey pareceu irritada.

– Isso é tudo quando se tem dezoito anos – disse Marjorie, enfaticamente. – Eu fiz o melhor que pude. Fui educada e fiz homens dançarem com ela, mas eles simplesmente não suportam ficar entediados. Quando penso naquela maravilhosa pele desperdiçada numa bobona dessas e penso no que Martha Carey poderia fazer com ela... ah!

– Não há mais cortesia hoje em dia.

A voz da sra. Harvey dava a entender que as situações modernas eram demais para ela. Quando ela era uma menina, todas as jovens de boa família se divertiam incrivelmente.

– Bem – disse Marjorie –, nenhuma garota pode apoiar permanentemente uma visitante sem esperança, porque hoje em dia é cada garota por si. Eu até tentei dar-lhe dicas sobre roupas e outras coisas, e ela ficou furiosa... lançando-me os olhares mais estranhos. Ela é suficientemente sensível para saber que não está conseguindo muita coisa, mas aposto que consola a si mesma pensando que é muito virtuosa e que eu sou muito alegre e volúvel e acabarei me dando mal. Todas as meninas impopulares pensam assim. Uvas azedas! Sarah Hopkins se refere a Genevieve, a Roberta e a mim como garotas fáceis! Aposto que ela daria dez anos de vida e de sua educação europeia para ser uma garota fácil e ter três ou quatro homens apaixonados por ela e ser tirada para dançar a cada poucos metros nos bailes.

– A mim me parece – interrompeu a sra. Harvey, bastante farta – que você deve ser capaz de fazer algo por Bernice. Eu sei que ela não é muito animada.

Marjorie bufou.

– Animada? Por Deus! Nunca a ouvi falar nada com um rapaz além de dizer que está quente ou que o salão está lotado ou que ela irá estudar em Nova York no ano que vem. Às vezes lhes pergunta que carro eles têm e conta que carro ela tem. É empolgante!

Fez-se um curto silêncio, e então a sra. Harvey retomou seu refrão:

– Tudo o que sei é que outras garotas muito menos meigas e atraentes conseguem parceiros de dança. Martha Carey, por exemplo, é robusta e escandalosa, e sua mãe, absolutamente medíocre. Roberta Dillon está tão magra este ano que parece que o Arizona é o lugar adequado para ela. Vai acabar dançando até morrer.

– Mas, mamãe – Marjorie protestou com impaciência –, Martha é alegre, extremamente inteligente e uma garota absolutamente brilhante, e Roberta é uma exímia dançarina. Ela é popular há eras!

A sra. Harvey bocejou.

– Acho que é aquele maluco sangue indígena de Bernice – prosseguiu Marjorie. – Talvez seja um retrocesso às origens. As mulheres indígenas apenas ficavam sentadas e nunca diziam nada.

– Vá para a cama, sua menina tola – riu a sra. Harvey. – Eu não teria lhe contado se achasse que você se lembraria disso. E acho que a maior parte das suas ideias são totalmente idiotas – concluiu, sonolenta.

Fez-se outro silêncio, enquanto Marjorie pensava se valia a pena tentar convencer a mãe. As pessoas com mais de quarenta raramente podem ser permanentemente convencidas sobre qualquer coisa. Aos dezoito anos, as nossas convicções são colinas das quais olhamos; aos 45, são cavernas dentro das quais nos escondemos.

Tendo decidido isso, Marjorie disse boa noite. Quando saiu do quarto, o corredor estava absolutamente vazio.

III

Enquanto Marjorie tomava um café da manhã tardio no dia seguinte, Bernice entrou dizendo um bom-dia bastante formal, sentou-se diante dela, ficou encarando-a atentamente e umedeceu levemente os lábios.

– O que você tem em mente? – inquiriu Marjorie, bastante intrigada.

Bernice fez uma pausa antes de atirar a granada de mão.

– Eu ouvi o que você disse sobre mim à sua mãe na noite passada.

Marjorie ficou surpresa, mas apenas ruborizou um pouco, e sua voz pareceu bastante inalterada quando ela falou.

– Onde você estava?

– No corredor. Não tive a intenção de escutar... inicialmente.

Depois de um involuntário olhar de desprezo, Marjorie baixou os olhos e ficou muito entretida em equilibrar um floco de milho no dedo.

– Acho que é melhor eu voltar para Eau Claire... se sou uma chateação tão grande. – O lábio inferior de Bernice tremia violentamente, e ela continuou, com a voz embargada. – Eu tentei ser gentil, e... e primeiro fui desprezada e depois insultada. Ninguém que tenha me visitado jamais recebeu tratamento semelhante.

Marjorie ficou em silêncio.

– Mas compreendo que estou no caminho. Sou um fardo para você. Os seus amigos não gostam de mim. – Fez uma pausa, e então lembrou de outra de suas reclamações. – É claro que eu fiquei furiosa na semana passada quando você tentou me sugerir que aquele vestido era inadequado. Você não acha que eu sei me vestir sozinha?

– Não – murmurou Marjorie, num tom quase inaudível.

– O quê?

– Eu não sugeri nada – disse Marjorie, sucintamente. – Pelo que me lembro, eu disse que era melhor usar um vestido adequado três vezes seguidas do que alterná-lo com duas coisas medonhas.

– Você acha que aquilo foi algo gentil de se dizer?

– Eu não estava tentando ser gentil. – E então, depois de uma pausa: – Quando você quer ir embora?

Bernice inspirou com força.

– Ah! – Foi um choramingo.

Marjorie ergueu o olhar, surpresa.

– Você não disse que ia embora?

– Sim, mas...

– Ah, você só estava blefando!

As duas se encararam por sobre a mesa do café da manhã por um instante. Ondas de névoa passavam diante dos olhos de Bernice, enquanto o rosto de Marjorie exibia aquela expressão bastante dura que ela usava quando universitários levemente embriagados a beijavam.

– Então você estava blefando – repetiu, como se fosse o que ela podia esperar.

Bernice admitiu que estava realmente blefando ao explodir em lágrimas. Os olhos de Marjorie demonstraram apenas tédio.

– Você é minha prima – soluçou Bernice. – Eu est-tou v-v-visitando v-você. Vim para ficar um mês, e se voltar para casa, a minha mãe vai ficar sabendo e vai se pe-erguntar...

Marjorie esperou até que a chuva de palavras gaguejadas se resumisse a fungadelas.

– Eu lhe darei um mês da minha mesada – disse, friamente – e você poderá passar esta última semana em qualquer lugar que desejar. Há um hotel muito bom...

Os soluços de Bernice atingiram o tom de uma flauta e, levantando-se subitamente, ela saiu correndo da sala.

Uma hora depois, enquanto Marjorie estava na biblioteca concentrada na composição de uma daquelas cartas neutras e maravilhosamente evasivas que apenas uma garota é capaz de escrever, Bernice reapareceu, com os olhos muito vermelhos e conscientemente calma. Não olhou para Marjorie, mas pegou um livro aleatório da estante e se sentou, como se fosse ler. Marjorie parecia concentrada em sua carta e continuou escrevendo. Quando o relógio marcou o meio-dia, Bernice fechou o livro com um estalo.

– Acho que é melhor eu comprar a minha passagem de trem.

Este não era o começo da fala que ela havia ensaiado lá em cima, mas como Marjorie não estava pegando as suas deixas – não estava insistindo para que ela fosse razoável; "é um erro" – esta foi a melhor abertura em que conseguiu pensar.

– Só espere até eu terminar esta carta – disse Marjorie, sem olhar em volta. – Quero enviá-la na próxima leva de correspondência.

Depois de mais um minuto, durante o qual sua pena arranhou o papel com dedicação, ela se virou e relaxou, com um ar de "às suas ordens". Mais uma vez, Bernice teve de falar.

– Você quer que eu vá para casa?

– Bem – disse Marjorie, pensando –, acredito que se você não está se divertindo, é melhor ir embora. Não há por que se sentir infeliz.

– Você não acha que um pouco de compaixão...

– Ah, por favor, não cite *Mulherzinhas**! – gritou Marjorie, impacientemente. – É tão fora de moda.

– Você acha?

– Pelo amor de Deus, é claro! Que garota moderna poderia viver como aquelas criaturas vazias?

– Elas foram modelos para as nossas mães.

Marjorie riu.

– Elas foram... não! Além disso, as nossas mães até podiam ser daquele jeito, mas sabem muito pouco sobre os problemas das filhas.

Bernice empertigou-se.

– Por favor, não fale da minha mãe.

Marjorie riu.

– Não acho que eu tenha falado nela.

Bernice sentiu que estava sendo afastada do assunto.

– Você acha que tem me tratado bem?

---

* *Little Women*, romance da norte-americana Louisa May Alcott (1832-1888), publicado em 1868. Jo, a protagonista, corta seu cabelo e o vende para uma loja de perucas para conseguir dinheiro que possibilite sua mãe visitar seu pai, um pastor ferido na Guerra Civil. (N.E.)

– Eu fiz o melhor que pude. Você é muito difícil de se lidar.

As pálpebras dos olhos de Bernice se avermelharam.

– Acho que você é dura e egoísta e não tem uma única qualidade feminina.

– Ah, meu Senhor! – gritou Marjorie, em desespero. – Sua maluquinha! Garotas como você são responsáveis por todos os casamentos enfadonhos e desinteressantes; todas aquelas incapacidades terríveis que passam por qualidades femininas. Que golpe deve ser quando um homem com imaginação se casa com a bela trouxa de roupas em torno da qual construiu ideais e descobre que ela não passa de uma porção de afetações, é fraca, choramingona e medrosa!

Bernice estava boquiaberta.

– A mulher feminina! – continuou Marjorie. – Todo o começo da sua vida é dedicado a críticas chorosas a garotas como eu, que se divertem de verdade.

O queixo de Bernice caía mais conforme o tom da voz de Marjorie aumentava.

– Dá para desculpar os choramingos de uma garota feia. Se eu fosse irreparavelmente feia, jamais perdoaria os meus pais por me botarem no mundo. Mas você está começando a vida sem nenhuma limitação... – Marjorie fechou o punho delicado com força. – Se você espera que eu chore com você, vai acabar desapontada. Vá ou fique, como quiser. – Então, apanhou as cartas e saiu da sala.

Bernice alegou uma dor de cabeça e não apareceu para o almoço. As duas tinham um encontro à tarde, mas, como a dor de cabeça persistiu, Marjorie deu explicações para um rapaz que não ficou muito abatido pela notícia. Quando retornou, no final da tarde, porém, encontrou Bernice com uma expressão estranhamente determinada esperando por ela em seu quarto.

– Eu resolvi – começou Bernice, sem preâmbulos – que talvez você tenha razão sobre as coisas... possivelmente não. Mas se você me disser por que os seus amigos não estão... não estão interessados em mim, verei se posso fazer o que você quer que eu faça.

Marjorie estava diante do espelho, soltando o cabelo.

– Você está falando sério?

– Sim.

– Sem restrições? Você fará exatamente o que eu disser?

– Bem, eu...

– Bem nada! Você fará exatamente o que eu disser?

– Se forem coisas sensatas.

– Não são! Você não é um caso para coisas sensatas.

– Você vai me fazer... vai recomendar...

– Sim, tudo. Se eu disser para você ter aulas de boxe, você terá de ter aulas de boxe... Escreva para casa e diga à sua mãe que você ficará mais duas semanas.

– Se você me disser...

– Muito bem... Vou lhe dar alguns exemplos agora. Primeiro, você não tem naturalidade. Por quê? Porque você nunca está segura quanto à sua aparência. Quando uma garota sente que está perfeitamente arrumada e bem-vestida, pode se esquecer dessa parte. Isso é charme. Quanto mais partes suas você é capaz de esquecer, mais charme você tem.

– Eu não tenho um boa aparência?

– Não. Por exemplo: você nunca cuida da suas sobrancelhas. Elas são negras e brilhantes, mas, desordenadas assim, são um horror. Seriam bonitas se você cuidasse delas durante um décimo do tempo que você fica sem fazer nada. Você irá escová-las, para que elas cresçam retas.

Bernice ergueu as sobrancelhas em questão.

– Você quer dizer que os homens notam as sobrancelhas?

– Sim... subconscientemente. E quando você for para casa, terá de desentortar um pouco os dentes. É quase imperceptível, mas ainda assim...

– Mas eu achei – interrompeu Bernice, com perplexidade – que você desprezasse coisinhas femininas e delicadas como essas.

– Eu detesto mentes delicadas – respondeu Marjorie. – Mas uma garota precisa ser pessoalmente delicada. Se ela for exuberante, pode falar sobre a Rússia, sobre pingue-pongue ou a Liga das Nações sem problema algum.

– O que mais?

– Ah, eu estou apenas começando! Tem o seu jeito de dançar.

– Eu não danço direito?

– Não, não dança... você se escora no homem. Sim, você faz isso... ainda que muito de leve. Percebi isso quando estávamos dançando juntas ontem. E você dança ereta, em vez de se inclinar um pouco. Provavelmente alguma velha senhora lhe disse um dia que você parecia muito digna dessa forma. Mas, exceto no caso de uma garota muito pequena, isso é muito mais difícil para o homem, e é ele quem conta.

– Continue. – O cérebro de Bernice estava rodando.

– Bem, você precisa aprender a ser gentil com os homens mais tímidos. Você parece ter sido insultada sempre que está com qualquer garoto que não seja dos mais populares. Ora, Bernice, eu sou tirada para dançar a cada poucos metros... e quem faz isso a maior parte das vezes? Precisamente esses garotos mais tímidos. Nenhuma garota pode se dar ao luxo de desprezá-los. Eles formam grande parte de qualquer grupo. Garotos mais jovens envergonhados demais para conversar são os melhores para praticar a arte da conversa. Garotos desajeitados são os melhores para aprender a dançar. Se você conseguir segui-los e ainda assim parecer graciosa, poderá acompanhar um tanque por um arranha-céu de arame farpado.

Bernice suspirou profundamente, mas Marjorie ainda não havia terminado.

– Se for a um baile e realmente agradar, digamos, a três meninos tímidos que dançarem com você; se conversar tão bem a ponto de eles se esquecerem de que estão empacados com você, você já conseguiu alguma coisa. Eles voltarão da próxima vez, e, gradualmente, tantos garotos tímidos dançarão com você que os rapazes atraentes verão que não há perigo de ficarem empacados... e então dançarão com você.

– Sim – concordou Bernice, baixinho. – Acho que estou começando a entender.

– E, finalmente – concluiu Marjorie –, a confiança e o charme simplesmente virão. Você acordará um dia sabendo que conseguiu, e os homens também saberão.

Bernice levantou-se.

– Foi terrivelmente gentil da sua parte... mas ninguém jamais falou comigo assim antes, e eu estou me sentindo meio zonza.

Marjorie não respondeu, mas ficou olhando pensativamente para a própria imagem no espelho.

– Você é um doce de estar me ajudando – continuou Bernice.

Ainda assim, Marjorie não respondeu, e Bernice achou que tinha parecido grata demais.

– Sei que você não gosta de sentimentalismos – disse, timidamente.

Marjorie virou-se para ela rapidamente.

– Ah, eu não estava pensando nisso. Estava pensando se não devíamos cortar o seu cabelo.

Bernice caiu para trás em cima da cama.

IV

Na noite da quarta-feira seguinte houve um jantar dançante no country club. Quando os convidados chegaram, Bernice encontrou seu lugar à mesa com uma leve irritação. Embora à sua direita estivesse sentado G. Reece Stoddard, um jovem solteiro extremamente desejável e distinto, o importantíssimo lado esquerdo tinha apenas Charley Paulson. A Charley faltava altura, beleza e desenvoltura social, e em sua nova forma de ver as coisas, Bernice resolveu que a única qualificação do rapaz para ser seu parceiro era o fato de que nunca ficara empacado com ela. Mas a irritação se foi com o último dos pratos de sopa, e a instrução explícita de Marjorie veio à sua mente. Engolindo o orgulho, virou-se para Charley Paulson e mergulhou.

– O senhor acha que eu devo cortar o meu cabelo, sr. Charley Paulson?

Charley ergueu os olhos, surpreso.

– Por quê?

– Porque estou pensando nisso. É uma forma tão certa e fácil de atrair a atenção.

Charley sorriu agradavelmente. Ele não poderia saber que aquilo havia sido ensaiado. Respondeu que não sabia muito sobre cabelos curtos. Mas Bernice estava ali para lhe falar a respeito.

– Eu quero ser uma vampira da sociedade, sabe – anunciou ela, friamente, e continuou falando para informá-lo de que cabelos curtos eram o prelúdio necessário. Acrescentou que quis pedir seu conselho porque ouvira falar que ele era muito crítico em relação a garotas.

Charley, que sabia tanto sobre psicologia feminina quanto sabia dos estados mentais budistas contemplativos, sentiu-se vagamente lisonjeado.

– Então resolvi – continuou ela, aumentando levemente o tom de voz – que no começo da semana que vem irei à barbearia do Sevier Hotel, onde me sentarei na primeira cadeira e mandarei cortar o meu cabelo. – Hesitou um pouco ao perceber que as pessoas mais próximas haviam parado de conversar e estavam escutando. Entretanto, depois de um segundo de confusão, as instruções de Marjorie fizeram efeito, e ela terminou a fala dirigindo-se a todos ao redor. – Claro que cobrarei ingressos, mas, se todos forem me encorajar, distribuirei convites para os assentos internos.

Houve uma onda de risos de aprovação e, ainda em meio ao burburinho, G. Reece Stoddard inclinou-se rapidamente e disse perto de seu ouvido:

– Quero um camarote imediatamente.

Os olhos dela encontraram os dele e sorriram, como se ele houvesse dito algo infinitamente brilhante.

– Você é a favor de cabelo curto? – perguntou G. Reece na mesma voz baixa.

– Acho que é amoral – afirmou Bernice com seriedade. – Mas, claro, você deve divertir, alimentar ou chocar as pessoas. – Marjorie havia tirado isso de Oscar Wilde. O comentário foi recebido com uma onda de risos dos homens e uma série de olhares rápidos e atentos das garotas. E então, como se não houvesse dito nada de inteligente ou relevante, Bernice voltou-se novamente para Charley e falou confidencialmente em seu ouvido.

– Quero saber a sua opinião a respeito de várias pessoas. Imagino que seja um excelente juiz de caráter.

Charley sentiu-se lisonjeadíssimo e lhe fez um sutil elogio, derramando seu copo d'água.

Duas horas mais tarde, parado imóvel junto aos rapazes desacompanhados, Warren McIntyre observava distraidamente os casais que dançavam e se perguntava para onde e com quem Marjorie havia desaparecido quando uma percepção dissociada começou a tomar conta dele lentamente – uma percepção de que Bernice, prima de Marjorie, havia sido tirada para dançar várias vezes nos últimos cinco minutos. Fechou e abriu os olhos e olhou novamente. Pouco antes, ela estivera dançando com um garoto de fora, uma questão fácil de se explicar: um garoto de fora não tinha como saber. Mas agora ela estava dançando com outro rapaz, e ali estava Charley Paulson indo em sua direção com uma determinação entusiasmada no olhar. Engraçado... Charley raramente dançava com mais de três garotas numa noite.

Warren estava claramente surpreso quando – depois da troca ter sido feita – o rapaz rendido mostrou-se ser ninguém menos do que o próprio G. Reece Stoddard. E G. Reece não pareceu nem um pouco alegre de ser rendido. Da próxima vez que Bernice dançou perto dele, Warren observou-a atentamente. Sim, ela era bonita, claramente bonita; e nesta noite, seu rosto parecia realmente cheio de vida. Estava com aquela expressão que nenhuma mulher, por maiores que fossem as suas habilidades teatrais, é capaz de fingir com sucesso. Ela parecia estar se divertindo. Gostou da forma como ela havia arrumado os cabelos, imaginou se era brilhantina que o fazia brilhar tanto. E aquele vestido lhe favorecia – era de um vermelho escuro que destacava seus olhos misteriosos e sua pele corada. Lembrou-se de que a achara bonita quando ela chegou na cidade pela primeira vez, antes de se dar conta de que era chata. Uma pena que fosse chata – garotas chatas são insuportáveis –, mas certamente era bonita.

Seus pensamentos ziguezaguearam de volta a Marjorie. Esse desaparecimento seria como os outros. Quando ela reaparecesse, ele perguntaria onde ela estivera – e receberia uma resposta enfática de que ele não tinha nada a ver com isso. Que pena que ela o desprezasse daquela forma! Ela se aproveitava do fato de saber que nenhuma outra garota da cidade o interessava. Chegara a desafiá-lo a se apaixonar por Genevieve ou Roberta.

Warren suspirou. O caminho para o afeto de Marjorie era realmente um labirinto. Ergueu o olhar. Bernice estava dançando novamente com o garoto de fora. Meio que inconscientemente, ele deu um passo na direção dela, mas hesitou. Então, disse a si mesmo que se tratava de caridade. Caminhou na direção dela – e esbarrou de repente com G. Reece Stoddard.

– Perdão – disse Warren.

Mas G. Reece não havia parado para se desculpar. Ele havia tirado Bernice novamente para dançar.

Naquela noite, à uma hora, Marjorie, com uma mão no interruptor elétrico da sala, virou-se para dar uma última olhada nos olhos animados de Bernice.

– Então, funcionou?

– Ah, Marjorie, sim! – gritou Bernice.

– Eu vi que você estava se divertindo.

– Sim! O único problema foi que, mais ou menos perto da meia-noite, começou a faltar conversa. Tive de começar a me repetir... com homens diferentes, é claro. Espero que eles não troquem impressões entre eles.

– Os homens não fazem isso – disse Marjorie, bocejando –, e não teria importância se fizessem... eles a achariam ainda mais espirituosa.

Desligou a luz e, enquanto as duas começavam a subir a escada, Bernice agarrou o corrimão com gratidão. Pela primeira vez na vida, ela havia dançado até se cansar.

– Você viu – disse Marjorie no alto da escada – que um homem vê outro homem tirando-a para dançar e acha que deve haver alguma coisa ali. Bem, nós vamos inventar algumas coisas novas amanhã. Boa noite.

– Boa noite.

Enquanto soltava os cabelos, Bernice passou a noite em revista. Ela havia seguido exatamente as instruções da prima. Mesmo quando Charley Paulson a tirou para dançar pela oitava vez, ela simulara encantamento e aparentemente sentira-se simultaneamente interessada e lisonjeada. Não havia conversado a respeito do tempo ou de Eau Claire ou de automóveis ou sobre a sua escola, mas restringira as conversas a eu, você e nós.

Mas, alguns minutos antes de cair no sono, um pensamento rebelde percorria preguiçosamente seu cérebro – afinal, havia sido ela quem conseguira aquilo. Marjorie, para ser exata, havia lhe dado a conversa, mas Marjorie tirava muito das conversas de coisas que lia. Bernice havia comprado o vestido vermelho, embora nunca o tivesse valorizado muito antes de Marjorie desencavá-lo de sua mala – e havia sido a sua própria voz que pronunciara as palavras, seus próprios lábios que haviam sorrido e seus próprios pés que haviam dançado. Marjorie é boazinha... vaidosa, porém... noite agradável... rapazes agradáveis... como Warren... Warren... Warren... qual é o nome dele... Warren...

Caiu no sono.

V

Para Bernice, a semana seguinte foi uma revelação. Com a sensação de que as pessoas realmente gostavam de olhar para ela e de ouvi-la veio a base da autoconfiança. Claro que houve inúmeros erros no começo. Ela não sabia, por exemplo, que Draycott Deyo estava estudando para o sacerdócio; não tinha consciência de que ele a havia tirado para dançar por achar que ela fosse uma garota quieta e reservada. Se soubesse dessas coisas, não teria usado com ele a abordagem que começava com "Olá, moço bonito!" e continuava com a história da banheira... "É preciso uma enormidade de energia para arrumar os meus cabelos no verão... eu tenho muito cabelo... então, sempre o arrumo primeiro, depois me maquio e visto o chapéu; então entro na banheira e me visto depois. Você não acha que este é o melhor plano?"

Embora Draycott Deyo estivesse sofrendo pela perspectiva do batismo por imersão e pudesse talvez ter visto uma ligação com a história, é preciso admitir que ele não viu ligação alguma. Ele considerava o banho feminino um assunto imoral e falou a ela sobre algumas de suas ideias sobre a depravação da sociedade moderna.

Mas para compensar essa infeliz ocorrência, Bernice tinha vários sucessos a seu favor. O pequeno Otis Ormonde cancelou uma viagem para a Costa Leste e preferiu segui-la com a devoção de um cachorrinho, para diversão de seus amigos e irritação de G. Reece Stoddard, que teve várias de suas visitas vespertinas completamente destruídas por Otis com a desagradável ternura dos olhares que lançava para Bernice. Ele até mesmo lhe contou a história do taco e do vestiário para lhe mostrar como ele e todos os demais haviam se enganado tremendamente no primeiro julgamento que fizeram dela. Bernice riu daquele incidente com uma leve sensação de tristeza.

De todas as conversas de Bernice, talvez a mais conhecida e mais universalmente aprovada era aquela sobre o corte de seu cabelo.

– Ah, Bernice, quando você irá cortar o cabelo?

– Depois de amanhã, talvez – respondia ela, rindo. – Vocês irão me ver? Porque estou contando com vocês, sabia?

– Se vamos? Você sabe que sim! Mas é melhor você se apressar.

Bernice, cujas intenções de cortar o cabelo eram estritamente indecorosas, ria novamente.

– Muito em breve. Vocês se surpreenderão.

Mas o símbolo mais significativo de seu sucesso era talvez o carro cinza do excessivamente crítico Warren McIntyre estacionado diariamente em frente à casa dos Harvey. No começo, a criada ficou claramente espantada quando ele perguntou por Bernice e não por Marjorie; depois de uma semana, disse à cozinheira que a srta. Bernice havia roubado um flerte da srta. Marjorie.

E a srta. Bernice tinha mesmo. Talvez tivesse começado com o desejo de Warren de provocar ciúme em Marjorie; talvez fosse a marca familiar ainda que irreconhecível de Marjorie na conversa de Bernice; talvez fossem ambas as coisas e um pouco de atração sincera além disso. Mas, de algum modo, a mente coletiva dos mais jovens soube em uma semana que o admirador mais constante de Marjorie havia dado uma impressionante meia--volta e flertado indiscutivelmente com a hóspede de Marjorie. A pergunta em questão era como Marjorie receberia isso. Warren chamava Bernice ao telefone duas vezes por dia, enviava-lhe bilhetes, e os dois eram frequentemente vistos juntos no conversível dele, evidentemente envolvidos numa daquelas conversas tensas e significativas sobre se ele era ou não sincero.

Provocada com isso, Marjorie apenas ria. Dizia que estava imensamente contente que Warren havia finalmente encontrado alguém que gostava dele. De forma que os mais jovens também riam e achavam que Marjorie não se importava e deixaria as coisas se seguirem.

Numa tarde, quando restavam apenas três dias da sua visita, Bernice estava na sala esperando por Warren, com quem iria a um torneio de bridge. Estava bastante alegre, e quando Marjorie – também a caminho do torneio – apareceu ao seu lado e começou a arrumar o chapéu casualmente diante do espelho, Bernice estava absolutamente despreparada para qualquer coisa parecida com um confronto. Marjorie fez sua parte muito fria e sucintamente, com apenas três frases.

– Você pode tirar Warren da cabeça – disse, friamente.

– O quê? – Bernice estava absolutamente espantada.

– Você também pode parar de fazer papel de boba com Warren McIntyre. Ele não dá a menor importância para você.

Por um instante tenso, as duas ficaram se olhando – Marjorie, com desdém e indiferença; Bernice, espantada, meio com raiva, meio com medo. Então dois carros pararam diante da casa, e ouviu-se uma barulheira de buzinas. As duas suspiraram, viraram-se e apressaram-se para sair lado a lado.

Durante todo o torneio de bridge, Bernice lutou em vão para controlar um crescente desconforto. Ela havia ofendido Marjorie, a esfinge das esfinges. Com a mais sincera e inocente das intenções do mundo, havia roubado uma propriedade de Marjorie. De repente, sentia-se terrivelmente culpada. Depois do jogo de bridge, quando todos se sentaram num círculo informal, e a conversa se generalizou, a tempestade se armou gradualmente. O pequeno Otis Ormonde precipitou-a sem querer.

– Quando você volta para o jardim de infância, Otis? – alguém perguntou.

– Eu? No dia em que Bernice cortar o cabelo.

– Então a sua educação está encerrada – disse Marjorie, rapidamente. – Isso é só um blefe dela. Achei que vocês teriam percebido.

– É verdade? – perguntou Otis, olhando Bernice com reprovação.

As orelhas de Bernice queimavam enquanto ela tentava pensar numa resposta eficaz. Diante deste ataque direto, sua imaginação ficou paralisada.

– Há muitos blefes no mundo – continuou Marjorie, com muito prazer. – Pensei que você fosse jovem o suficiente para saber disso, Otis.

– Bem – disse Otis –, talvez sim. Mas, puxa! Com uma conversa como a de Bernice...

– É mesmo? – bocejou Marjorie. – Qual é a última tirada dela?

Ninguém parecia saber. Na verdade, dedicada ao admirador de sua musa, Bernice não havia dito nada memorável ultimamente.

– Tudo aquilo foi realmente interessante? – perguntou Roberta, curiosa.

Bernice hesitou. Sentiu que exigiam dela algum tipo de observação inteligente, mas, sob o olhar subitamente gélido da prima, sentia-se completamente despreparada.

– Eu não sei – esquivou-se.

– Você estava fingindo! – disse Marjorie. – Admita!

Bernice viu que os olhos de Warren se desviaram de um uquelele que estava dedilhando e se fixaram nela interrogativamente.

– Ah, eu não sei! – repetiu. Suas faces ardiam.

– Fingida! – observou Marjorie novamente.

– Vamos lá, Bernice – encorajou Otis. – Faça-a se calar.

Bernice olhou novamente ao redor – parecia incapaz de se livrar do olhar de Warren.

– Eu gosto de cabelo curto – disse, apressadamente, como se ele tivesse lhe feito uma pergunta – e pretendo cortar o meu.

– Quando? – perguntou Marjorie.

– A qualquer momento.

– Não há momento melhor do que o presente – sugeriu Roberta.

Otis deu um salto.

– Isso mesmo! – gritou. – Faremos uma festa no barbeiro. Acho que você falou na barbearia do Sevier Hotel.

Num instante, todos estavam de pé. O coração de Bernice batia violentamente em seu peito.

– O quê? – disse ela, engasgada.

Do grupo, veio a voz de Marjorie, muito clara e desdenhosa.

– Não se preocupem... ela vai dar para trás!

– Vamos lá, Bernice! – gritou Otis, partindo em direção à porta.

Quatro olhos – os de Warren e de Marjorie – encaravam-na, desafiavam-na. Por mais um segundo, ela hesitou tremendamente.

– Tudo bem – disse ela, de súbito. – Não me importo de fazê-lo.

Uma eternidade de minutos depois, seguindo para o centro da cidade no fim de tarde ao lado de Warren, com os demais seguindo no carro de Roberta logo atrás, Bernice experimentou todas as sensações de Maria Antonieta a caminho da guilhotina numa carroça. Perguntou-se vagamente por que não gritava que tudo não passava de um engano. Era tudo o que podia fazer para evitar de agarrar o cabelo com as duas mãos para protegê-lo do mundo repentinamente hostil. Ainda assim, não fez nem uma coisa nem outra. Até mesmo a lembrança de sua mãe não era tão dissuasiva agora. Aquele era o teste supremo de seu espírito esportivo; seu direito de percorrer em absoluto o paraíso das garotas populares.

Warren fazia um silêncio sombrio. Quando chegaram ao hotel, ele parou no meio-fio e acenou com a cabeça para que Bernice saísse antes dele. O carro de Roberta desembarcou uma turma aos risos dentro da barbearia, que tinha duas grandes janelas envidraçadas voltadas para a rua.

Bernice ficou parada no meio-fio e olhou para a placa, Sevier Barber-Shop. Era uma guilhotina, de fato, e o carrasco era o primeiro barbeiro, que, vestindo um guarda-pó branco e fumando um cigarro, encontrava-se calmamente apoiado na primeira cadeira. Ele devia ter ouvido falar nela; devia estar esperando a semana inteira, fumando cigarros eternos ao lado daquela prodigiosa e tão falada primeira cadeira. Será que a vendariam? Não, mas amarrariam um tecido branco em torno de seu pescoço para evitar que seu sangue – que bobagem... seu cabelo – caísse em suas roupas.

– Muito bem, Bernice – disse Warren, rapidamente.

Com o queixo erguido, ela atravessou a calçada, abriu a porta de tela vaivém e, sem dirigir um olhar para a fileira barulhenta e alegre que ocupava o banco de espera, foi até o primeiro barbeiro.

– Quero cortar o meu cabelo.

A boca do primeiro barbeiro abriu-se um pouco. O cigarro dele caiu no chão.

– Ahn?

– Meu cabelo... corte!

Recusando mais preliminares, Bernice sentou-se. Um homem na cadeira ao lado dela virou-se de lado e lhe dirigiu um olhar, metade espuma, metade espanto. Um barbeiro assustou-se e estragou o corte mensal do pequeno Willy Schuneman. Na última cadeira, o sr. O'Reilly grunhiu e xingou musicalmente em gaélico arcaico quando uma navalha cortou seu rosto. Dois engraxates arregalaram os olhos e correram até ela. Não, Bernice não queria uma graxa.

Do lado de fora, um passante parou e olhou fixamente para dentro; um casal se uniu a ele; apareceu meia dúzia de narizinhos de garotos achatados contra o vidro; e pedaços de conversas trazidos pela brisa do verão entraram pela porta de tela.

– Olha o cabelo comprido do garoto!

– De onde você tirou isso? É uma senhora barbada que ele acabou de barbear.

Mas Bernice não viu nada, não ouviu nada. Seu único sentido que ainda funcionava lhe dizia que aquele homem de guarda-pó branco havia apanhado um pente de casco de tartaruga e mais outro; que seus dedos mexiam desajeitadamente nos grampos de cabelos com que não tinha familiaridade; que aquele cabelo, aquele maravilhoso cabelo dela, iria... que ela nunca mais voltaria a sentir seu longo, voluptuoso e glorioso contato castanho-escuro em suas costas. Por um segundo, quase desmoronou. Foi então que o quadro diante de si entrou mecanicamente em seu campo de visão – a boca de Marjorie retorcida num leve sorriso irônico, como se dissesse:

– Desista e saia daí! Você tentou me passar para trás, e eu flagrei o seu blefe. Você não tem nenhuma chance.

Mas algum resquício de energia surgiu em Bernice, porque ela apertou os punhos sob o tecido branco, e seus olhos se estreitaram de um modo curioso, algo que Marjorie comentaria com alguém muito depois do ocorrido.

Vinte minutos mais tarde, o barbeiro girou seu rosto redondo para o espelho, e ela recuou diante da extensão completa do estrago que havia sido feito. Seu cabelo não era mais encaracolado, e agora caía em blocos escorridos e sem vida dos dois lados de seu rosto subitamente pálido. Estava feio como o diabo – ela sabia que ficaria feio como o diabo. O principal atrativo do seu rosto sempre fora de uma simplicidade virginal. Agora isso não existia mais, e ela estava... bem, absurdamente medíocre. Não estava teatral; apenas ridícula, como uma moça do Greewich Village que tivesse deixado os óculos em casa.

Quando desceu da cadeira, tentou sorrir – e fracassou terrivelmente. Viu duas das garotas trocarem olhares; notou a boca de Marjorie curvada numa gozação suavizada – e que os olhos de Warren estavam subitamente muito distantes.

– Estão vendo? – Disse ela, depois de uma pausa constrangida. – Cortei.

– Sim, você... cortou – admitiu Warren.

– Vocês gostaram?

Ouviu-se um "Claro" pouco convicto de duas ou três vozes, mais uma pausa constrangida, e então Marjorie virou-se subitamente e perguntou, mordaz, para Warren.

– Você se importaria de me levar até a lavanderia? – perguntou. – Simplesmente preciso levar um vestido até lá antes do jantar. Roberta está indo direto para casa e pode levar os outros.

Warren olhou distraidamente para algum ponto infinito através da janela. Então, por um instante, seus olhos pousaram friamente em Bernice antes de se voltarem para Marjorie.

– Adoraria – disse, lentamente.

VI

Bernice não compreendeu completamente a escandalosa armadilha que havia sido armada para ela até se deparar com o olhar espantado da tia pouco antes do jantar.

– Nossa, Bernice!

– Cortei o cabelo, tia Josephine.

– Nossa, filha!

– A senhora gostou?

– Nossa, Ber-nice!

– Imagino que a senhora tenha ficado chocada.

– Não, mas o que a sra. Deyo vai pensar amanhã à noite? Bernice, você devia ter esperado até depois do baile dos Deyo... você devia ter esperado se queria fazer isso.

– Foi repentino, tia Josephine. De qualquer modo, o que isso tem a ver com a sra. Deyo em particular?

– Ora, filha – gritou a sra. Harvey – no ensaio "Os pontos fracos da nova geração" que leu no último encontro do Clube das Quintas-Feiras, ela dedicou quinze minutos ao cabelo curto. É a sua maior aversão. E o baile é para você e Marjorie!

– Sinto muito.

– Ah, Bernice, o que a sua mãe irá dizer? Ela vai pensar que eu deixei você fazer isso.

– Sinto muito.

O jantar foi uma agonia. Ela fez uma tentativa apressada com um frisador e queimou um dedo e uma porção de cabelo. Podia notar que a tia estava preocupada e aflita, e o tio ficava dizendo "Puxa vida!" sem parar num tom magoado e levemente hostil. E Marjorie ficou sentada em absoluto silêncio, entrincheirada atrás de um sorriso débil, um sorriso debilmente gozador.

De algum modo, ela sobreviveu à noite. Três rapazes foram até lá; Marjorie desapareceu com um deles, e Bernice fez uma tentativa apática e malsucedida de entreter os outros dois – suspirou agradecida ao subir a escada até o quarto às dez e meia. Que dia!

Depois de se despir para dormir, a porta se abriu, e Marjorie entrou.

– Bernice – disse ela –, sinto muitíssimo pelo baile dos Deyo. Eu lhe dou a minha palavra de honra de que havia me esquecido completamente dele.

– Tudo bem – disse Bernice, secamente. De pé diante do espelho, passou o pente lentamente pelo cabelo curto.

– Vou levá-la ao centro da cidade amanhã – prosseguiu Marjorie –, e o cabeleireiro vai arrumá-lo para você ficar bem. Não imaginei que fosse levar isso adiante. Realmente sinto muitíssimo.

– Ah, tá tudo bem!

– Ainda assim, será a sua última noite, de modo que não terá muita importância.

Então Bernice estremeceu quando Marjorie jogou o próprio cabelo por cima dos ombros e começou a enrolá-lo lentamente em duas longas tranças loiras até que, em sua camisola cor de creme, ela se parecia com uma delicada pintura de alguma princesa saxônica. Fascinada, Bernice observou as tranças crescerem. Eram pesadas e exuberantes, movendo-se sob os dedos ágeis como cobras irrequietas – e, para Bernice, restaram os restos, o frisador e um amanhã cheio de olhares. Ela podia ver G. Reece Stoddard, que gostava dela, fazendo sua pose de Harvard e dizendo ao parceiro de jantar que não deveriam ter permitido que Bernice fosse tanto ao cinema; podia ver Draycott Deyo trocando olhares com a mãe dele e então sendo obedientemente generoso com ela. Mas talvez até amanhã a sra. Deyo já tivesse sabido da novidade e enviado um bilhete gélido solicitando que ela não comparecesse ao baile – e pelas suas costas, todos ririam e saberiam que Marjorie a havia feito de boba; que a sua chance de ser bonita havia sido sacrificada pelo capricho ciumento de uma garota egoísta. Sentou-se subitamente diante do espelho, mordendo a parte interna da bochecha.

– Eu gostei do cabelo assim – esforçou-se por dizer. – Acho que ficou bom.

Marjorie sorriu.

– Está bem. Pelo amor dos céus, não fique preocupada com isso!

– Não ficarei.

– Boa noite, Bernice.

Assim que a porta se fechou, porém, algo estalou em Bernice. Saltou, ficando de pé rapidamente, apertando as mãos. Então foi até a cama em silêncio e rapidamente e, debaixo dela, arrastou uma bolsa de viagem. Atirou lá dentro artigos de higiene e uma muda de roupas. Então, virou-se para a mala onde depositou rapidamente duas gavetas de lingerie e vestidos de verão. Movimentou-se em silêncio, mas com eficiência mortal, e em três quartos de hora, sua mala grande estava trancada e amarrada, e ela estava completamente vestida, trajando uma nova e bonita roupa de viagem que Marjorie a ajudara a escolher.

Sentada à escrivaninha do quarto, escreveu um bilhete para a sra. Harvey, na qual resumia brevemente os motivos de sua partida. Selou e endereçou o bilhete e pousou-o sobre o travesseiro. Olhou para o relógio. O trem partia à uma, e ela sabia que, se fosse caminhando até o Marborough Hotel, a duas quadras de distância, pegaria um táxi com facilidade.

De repente, inspirou decidida e passou por seus olhos uma expressão que um analista de personalidades experiente poderia ter ligado vagamente com a expressão que apresentara na cadeira do barbeiro – de certa forma era um desenvolvimento daquela expressão. Era uma expressão bastante nova para Bernice e trazia consigo algumas consequências.

Caminhou decidida até a escrivaninha, apanhou um objeto que estava lá e, desligando as luzes, ficou parada em silêncio até os olhos se acostumarem à escuridão. Suavemente, empurrou a porta do quarto de Marjorie. Ouviu a respiração silenciosa e constante de uma consciência tranquila adormecida.

Agora estava ao lado da cama, muito ponderada e calma. Agiu rapidamente. Inclinando-se para frente, encontrou uma das tranças de Marjorie, seguiu-a com a mão até o ponto mais próximo da cabeça e então, segurando-a um pouco frouxa, para que a prima não sentisse o puxão, cortou-a com a tesoura. Segurando o rabinho na mão, prendeu a respiração. Marjorie havia resmungado algo no sono. Bernice amputou a outra trança com habilidade, fez uma pausa, e então saiu correndo, em silêncio, de volta ao próprio quarto.

No andar de baixo, abriu a grande porta da frente, fechou-a cuidadosamente atrás de si e, sentindo-se estranhamente feliz e cheia de vida, saiu da varanda para a luz da lua, balançando a mala pesada como se fosse uma sacola de compras.

Depois de uma caminhada enérgica de um minuto, percebeu que a mão esquerda ainda segurava as duas tranças. Riu inesperadamente – teve de apertar os lábios com força para não soltar uma gargalhada. Agora estava passando pela casa de Warren e, num impulso, pôs a bagagem no chão e, balançando as tranças como pedaços de corda, atirou-as na varanda de madeira, onde elas pousaram com uma pancada leve. Riu novamente, dessa vez sem se conter.

– Ha! – disse, rindo desenfreadamente. – O escalpo da egoísta!

Então, pegando as malas, seguiu num passo apressado pela rua enluarada.

COLEÇÃO 96 PÁGINAS
NIETZSCHE
POR QUE SOU TÃO SÁBIO
COLEÇÃO 96 PÁGINAS
BUKOWSKI
A mulher mais linda da cidade
& outras histórias
L&PM POCKET
COLEÇÃO 96 PÁGINAS
F. SCOTT FITZGERALD
O curioso caso de Benjamin Button
Seguido de Bernice corta o cabelo
L&PM POCKET

DEFINITIVO
UMA ANTOLOGIA DE
A BÍBLIA DO CAOS
COLEÇÃO 96 PÁGINAS
Agatha Christie
O CLUBE DAS TERÇAS-FEIRAS & OUTRAS HISTÓRIAS
L&PM POCKET
COLEÇÃO 96 PÁGINAS
MARCEL PROUST
SOBRE A LEITURA
Seguido do depoimento de
CÉLESTE ALBARET
L&PM POCKET
COLEÇÃO 96 PÁGINAS
PLATÃO
SOBRE A MENTIRA
COLEÇÃO 96 PÁGINAS
SONETOS DE AMOR & DESAMOR
L&PM POCKET